文学大观

王渝生　主编

中国大百科全书出版社

图书在版编目（CIP）数据

文学大观 / 王渝生主编. -- 北京 ： 中国大百科全书出版社，2025. 1. -- ISBN 978-7-5202-1712-5

I. I109-49

中国国家版本馆CIP数据核字第2024H95071号

文学大观

出 版 人：刘祚臣
责任编辑：杜晓冉
责任校对：刘敬微
责任印制：李宝丰
排版制作：北京升创文化传播有限公司

中国大百科全书出版社出版发行
（地址：北京阜成门北大街17号　电话：88390718　邮政编码：100037）
唐山富达印务有限公司
开本：710毫米×1000毫米　1/16　印张：8　字数：100千字
2025年1月第1版　2025年1月第1次印刷
ISBN 978-7-5202-1712-5
定价：48.00 元

编委会

主　　编　王渝生

编　　委　（以姓氏音序排序）

　　　　　　程忆涵　　杜晓冉　　胡春玲　　黄佳辉

　　　　　　刘敬微　　王　宇　　余　会　　张恒丽

前　言

　　《文学大观》是一部融汇古今中外文学经典的赏读指南，带你畅游文学的璀璨星河。上篇聚焦中国文学，从《诗经》的诗意到唐诗、宋词的风华，从《左传》《战国策》的史笔智慧到元曲、明清小说的艺术巅峰，展现中华文脉的源远流长。下篇纵览外国文坛名家与名作，品读《哈姆雷特》的悲剧哲思、《堂吉诃德》的骑士精神，以及更多文学巨匠的传世杰作。这本书以优美的文字和深刻的解读，带领读者感受文学之美，体悟文化之魂。

　　全书以条目形式进行编排，释文力求简明扼要、通俗易懂。标题一般为词或词组，释文一般依次由定义和定性叙述、简史、基本内容、插图等构成，依据条目的性质和知识内容的实际状况有所增减或调整。全书内容系统、信息丰富且易于阅读。为了使内容更加适合大众阅读，增加了不少插图，包括照片、线条图等，随文编排。

目 录

下篇

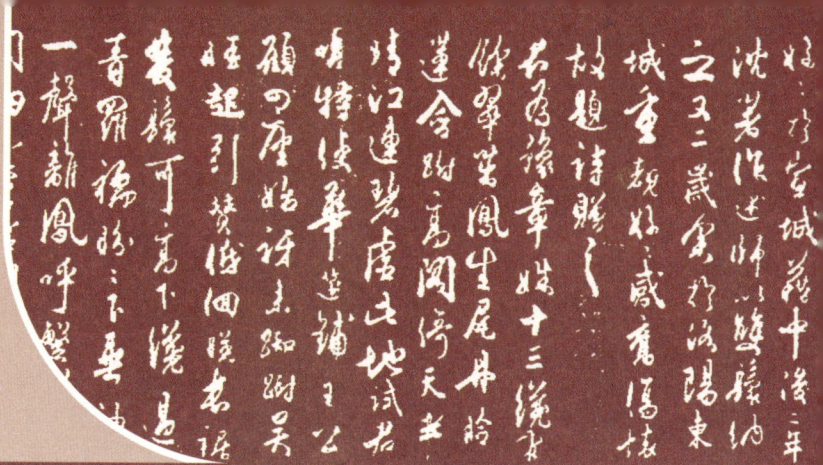

上篇

中国文学

　　中华民族的文学。中国各民族创造的、以汉语文学为主干的各族语文学的共同体。中国文学以独特的语言载体、文化内涵、文体形式、文学观念和审美追求，构成世界文学中一种自成系统的类型，而与世界各国文学共同发展。

　　中国文学在有文字以前就已经产生了。以汉民族文学而言，中国曾经有非常丰富的神话和传说，如女娲神话、羿神话、大禹传说等。这些远古神话、传说和歌、谚都属于口传文学，较晚见于文字记载。

　　《诗经》是中国最早的一部诗歌总集，它与在楚地兴起、以屈原《离骚》为代表的楚辞，是中国古代诗歌的两个典范。广义上的散文较早见于《尚书》。春秋战国时期，散文迅速发展。历史散文以《春秋》《左传》《国语》《战国策》为代表，诸子散文以《论语》《孟子》《庄子》《荀

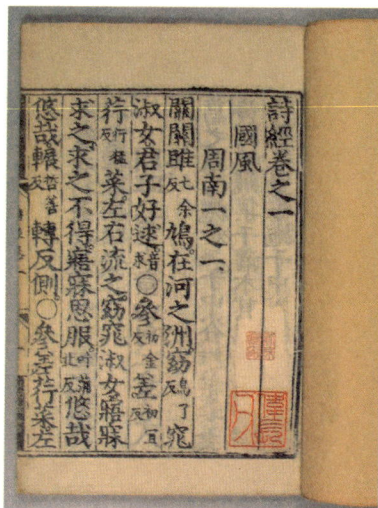

《诗经》书影（明刻本）

子》《韩非子》为代表。汉乐府以民歌居多，《陌上桑》《孔雀东南飞》等是其中名作。从楚辞传统发展起来的赋体，流行于两汉，以司马相如和扬雄为代表作家。史传文学首推《史记》《汉书》。政论方面，贾谊、晁错等均有名篇。

建安时期，孔融、王粲等七子并峙，三曹父子竞起，诗文盛极一时。他们的诗文于沉雄中多苍凉悲慨之气，被后人称为建安风骨或汉魏风骨。三国后期则有竹林七贤，其中嵇康的散文和阮籍的《咏怀诗》成就最大。西晋太康诗人主要有三张（张载、张协、张亢）、二陆（陆机、陆云）、两潘（潘岳、潘尼）、一左（左思），他们大多追求辞藻的华美，开中国诗歌史上雕琢堆砌的风气。晋代玄言诗赋流行。东晋末陶渊明的咏怀诗和田园诗自然质朴，言近旨遥，平淡而有思致。魏晋以后产生的骈文在南北朝达到全盛。庾信和王褒是著名的诗人和骈文家，庾信的辞赋最著名的是《哀江南赋》。北朝郦道元的《水经注》、杨衒之的《洛阳伽蓝记》和颜之推

《或棹孤舟图》（《归去来兮图》卷之四，明，夏芷）

的《颜氏家训》等都是散文名作。北朝乐府民歌以《木兰诗》《敕勒歌》为代表，南朝乐府民歌主要分吴歌和西曲两部分，清新婉转、本色自然。南朝诗坛有山水诗的开创者谢灵运、以乐府诗和拟古诗见长的鲍照，还有强调诗歌声律的永明体作家谢朓、沈约和以柔靡风格为主的宫体诗作家萧纲、萧绎等。南朝辞赋以鲍照、江淹成就为高。骈文大家有鲍照、江淹、刘峻、徐陵等，名篇则有丘迟的《与陈伯之书》、孔稚珪的《北山移文》等。刘勰的《文心雕龙》是中国古代文论史上最重要、最系统的文学理论批评著作。萧统主持编纂的《文选》是影响深远的古代文章总集。徐陵所辑《玉台新咏》是汉至南朝梁的诗歌总集，保存了许多古代诗歌和乐府民歌的佳篇。中国小说在魏晋南北朝时期处

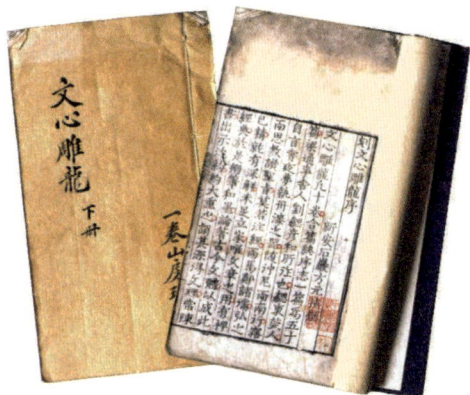

《文心雕龙》书影（明万历十年刊本）

于萌芽阶段，代表作是东晋干宝的志怪小说集《搜神记》和南朝宋刘义庆所编的志人小说集《世说新语》。

唐代文化繁荣，诗歌进入鼎盛时期。初唐四杰（王勃、杨炯、卢照邻、骆宾王）诗风清俊，陈子昂的诗质朴刚健，沈佺期和宋之问的五、七言近体诗标志着五、七言律体的定型。盛唐时，孟浩然和王维的山水诗，岑参、高適、王昌龄、王之涣的边塞诗等，已呈森茂恢宏气象。而李白和杜甫的诗歌创作，一个洒脱奔放，一个沉郁顿挫，使盛唐诗歌达到辉

煌的境地。中唐诗风百花齐放：大历十才子清细精工；刘长卿等江南诗人清婉柔秀；韦应物、柳宗元与孟浩然、王维同为山水诗派的代表；韩愈、孟郊、贾岛、李贺的诗奇险怪诞；白居易、元稹尚俗务实；刘禹锡的诗取境优美、精练含蓄，自成一格。晚唐诗有杜牧的俊爽、温庭筠的秾丽、皮日休的博奥等，李商隐的诗尤以感情复杂、意象迷离、结构婉曲、语言精美见誉。唐代韩愈、柳宗元所倡导的古文影响深远。唐传奇同魏晋南北朝小说相比，题材更为开阔，生活气息较为浓厚，

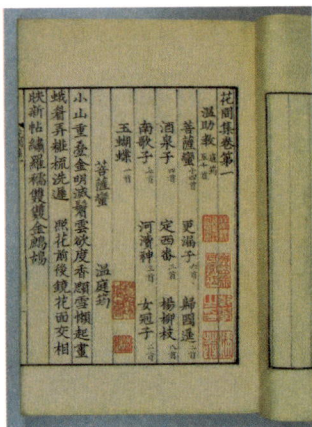

《花间集》书影（宋刻递修本）

篇幅加长。变文对后世的小说、讲唱文学和戏曲文学都有影响。

五代十国时期，文学趋于萎缩。词在晚唐的基础上继续发展。编于此时的《花间集》收录晚唐温庭筠和由唐入西蜀的韦庄等人的词作，形成以写艳情离愁见长的花间派。南唐后主李煜拓宽了词作的表现领域，风格上有烟水迷离之致。

唐以来少数民族文学中，突厥族的碑铭文学、藏族（吐蕃）的史传文学都比较发达。前者如《毗伽可汗碑》，后者如《巴协》。

宋代是中国经济、文化昌明并居于世界前列的时代。北宋柳开首倡古文，稍后的王禹偁、穆修、尹洙等极力响应。欧阳修文风平易畅达，有情韵之美。他所推荐和培植的苏洵、曾巩、王安石、苏轼、苏辙等人多长于论说文，苏轼的叙事纪游文有不少广为传诵的名作。宋初诗歌沿袭唐末诗风，以雕

章丽句、好用典故的西昆体影响最大。后欧阳修、梅尧臣、苏舜钦创作了大量的古体诗，诗风为之一变。王安石和苏轼形成宋诗的第一个高峰。以黄庭坚为首的江西诗派，强调"以故为新"。以陆游为代表的中兴诗人纷纷从江西诗派的束缚下解脱出来，建立起自己的风格。陆游平易的"从军乐"、杨万里"活脱"的诚斋体、范成大明白如话的田园诗、以朱熹为代表的理学家平直质朴的诗歌，均能别开生面。宋代文学最为人称道的是词。宋初词沿袭"花间"余风，重要作者有晏殊、张先、晏几道、欧阳修等。第一位变革者和词作大家是柳永，他的大量慢词写恋情和市井生活，对当时和后世都有很大影响。苏轼的词"无意不可入，无事不可言"，以豪放见长。秦观的词俊逸精妙。贺铸的词盛丽、妖冶、幽洁、悲壮。周邦彦兼采众家之长，集其大成。李清照的词由明丽清新变为低回惆怅、深哀入骨。辛弃疾的词有纵横奔放的一面，又有圆转秾丽的一面，体现了南宋词的最高成就。姜夔长于音律，以江西诗派诗法入词，别裁风格，自创一体。宋代"说话"的盛行，标志着话本小说的兴起。宋代杂剧和南戏的诞生，为元代杂剧的繁荣奠定了基础。

元代关汉卿、王实甫、白朴、马致远等是杂剧名家，《窦娥冤》《西厢记》《墙头马上》《汉宫秋》为其代表作。《荆钗记》《白兔记》《拜月亭》《杀狗记》合称南戏四大传奇。高明的《琵琶记》则是南戏的高峰。语言比较通俗的散曲是元代诗歌的重要形式。

金、元时期以诗文驰名于世的少数民族作家有元好问（鲜卑族）、耶律楚材（契丹族）、

《窦娥冤》杂剧剧本插图

萨都剌（回族）等。而维吾尔族古典长诗《福乐智慧》，蒙古族史传文学作品《蒙古秘史》，藏族、蒙古族英雄史诗《格萨（斯）尔》，也都是这一时期中华民族文学的瑰宝。

明清两代，经济、文化发展到封建社会的高峰期。在文学上，明初刘基、宋濂、高启等略有成就。台阁体出，歌功颂德之作多。后来经历李东阳为代表的茶陵诗派和前七子的复古运动，出现了唐寅、文徵明等吴中文人和以归有光为代表的唐宋派。以李攀龙、王世贞为代表的后七子倡导学秦汉之文。许多小品作家的散文题材多样，形式活泼，信笔直书，流畅隽永，在中国散文发展史上占有重要地位。公安派的袁宏道兄弟反对复古，主张"独抒性灵，不拘格套"；以钟惺为代表的竟陵派主张诗文应为"性情之言"。他们颇多咏物和山水纪游的明秀隽永之作。明代小说空前繁荣，《三国演义》《水浒传》《西游记》标志着中国古典长篇小说发展到成熟的阶段。由文人独立创作、以现实生活为题材、描写也更趋于细致的《金瓶梅》也是小说名作。短篇小说以冯梦龙辑纂的"三言"（《喻世明言》《警世通言》《醒世恒言》）和凌濛初的"二拍"（《初刻拍案惊奇》《二刻拍案惊奇》）为代表。明代戏曲包括传奇戏曲和杂剧两部分，汤显祖的《牡

丹亭》是明代传奇创作的最高成就。李贽的文学批评对后世影响较大。清初诗歌创作比较活跃，诗派林立。钱谦益主盟

江苏省苏州昆剧院演员演出昆曲折子戏《牡丹亭·惊梦》（新华社提供，李鹏拍摄）

文坛五十余年，创梅村体的吴伟业和倡导神韵说的王士禛都有较高的成就。学人之文以黄宗羲、顾炎武、王夫之为代表，文人之文以侯方域、魏禧为代表。清代中叶，诗坛上沈德潜提倡格调说，袁枚提倡性灵说，翁方纲提倡肌理说，分庭抗礼，

各有从者。而方苞、刘大櫆、姚鼐等桐城派散文家的文章，结构严密，语言雅洁，有阴柔之美。清初小说中，短篇小说集《聊斋志异》代表中国文言小说的最高峰。长篇小说《儒林外史》是古代讽刺文学的经典作品。《红楼梦》则是古代最重要的一部长篇小说。清代传奇以洪昇的《长生殿》、孔尚任的《桃花扇》为代表。

明清两代少数民族文学的重要作品有蒙古族英雄史诗《江格尔》，维吾尔族叙事长诗《世事记》和纳瓦依的长篇叙事诗集《五卷诗集》，哈萨克族英

《红楼十二钗册·林黛玉》（清，费丹旭）

雄史诗《阿尔帕米斯》、叙事长诗《吉别克姑娘》，藏族史传文学《贤者喜宴》《米拉日巴传及其道歌》，傣族英雄史诗《兰嘎西贺》，满族传说《尼山萨满传》，以及赫哲族说唱文学伊玛堪。

1840 年鸦片战争后，中国历史进入近代。龚自珍、魏源首开革新风气之先，冯桂芬和王韬明确提出反对和抛弃桐城派古文，引发了一股创作新体散文的潮流。传统诗文出现了宋诗运动和桐城派中兴，曾国藩、梅曾亮是重要代表，宋诗派至光绪年间衍为同光体。近代前期的主要小说形式是狭邪小说、侠义公案小说，如《儿女英雄传》《三侠五义》等；甲午战争以后，改良派的谴责小说盛行，有清末四大谴责小说问世，即《官场现形记》《二十年目睹之怪现状》《孽海花》《老残游记》。辛亥革命后出现了鸳鸯蝴蝶派小说和黑幕小说，文学成就不高。甲午战争后，近代文学革新的呼声高涨。梁启超大力提倡文界革命，影响很大，其新体散文成就突出。黄遵宪的新派诗和秋瑾、柳亚子等人所作的诗歌，富有时代精神。

从 1919 年五四运动到 1949 年中华人民共和国成立，中国文学进入现代意义上的文学阶段。小说除了鲁迅、巴金、老舍、茅盾等小说大家的作品外，还有关注社会问题的问题小说，以郭沫若、郁达夫为代表的创造社小说，20 世纪 20 年代的乡土小说，30 年代左联和接近左联的作家沙汀、艾芜、萧红等人的小说，沈从文等人的"京派"作家小说，以日本新感觉派或欧美其他现代派小说为楷模的穆时英、刘呐鸥等人的现代小说，以路翎为代表的七月派小说，以及张恨水、钱钟书、张爱玲、丁玲、赵树理、孙犁等人的小说，均较有特色。新诗成为中国现代诗歌的主体。胡适、刘半农等写出第一批白话新诗后，冰心和宗白华等人的小诗，晶莹清丽，很有影响。以闻一多、徐志摩为代表的新月社派，以李金髪、戴望舒为代表的象征派，围绕在《现代》杂志周围的现代派，汉园三诗人（李广田、卞之琳、何其芳），均为世人瞩目。臧克家、艾青、田间的诗，李季、阮章竞的叙事诗等各有成就。话剧成为中国戏剧文学的主要形式，戏剧大家曹禺，以及洪深、田汉、欧阳予倩、丁西林、夏衍、阳翰笙、陈白尘、于伶等剧作家都有影响后世的代表作。现代散文以鲁迅的杂文与冰心、周作人、朱自清、郁达夫等人的抒情散文，林语堂提倡的幽默、性灵、闲适的小品文影响最大。报告文学也臻于成熟。

1949年中华人民共和国成立后，文艺与政治生活的关系比以前更加密切。特别是1956年"百花齐放、百家争鸣"的方针提出后，至1966年，小说、诗歌、戏剧都出现了许多有影响的作品，如《保卫延安》《红旗谱》《青春之歌》《茶馆》等。

根据小说《青春之歌》改编的同名电影剧照

"文化大革命"中，文学艺术普遍受到摧残。1976年后，中国文学创作日益显现多元化的总体趋势。80年代，文学在反思历史、启蒙民智方面起过重大作用。90年代以后，文学逐渐退出了在社会精神生活中的显著位置。

《诗经》

中国第一部诗歌总集。它收集了从西周初年到春秋中叶约 500 年间的诗歌 305 篇。分为《风》《雅》《颂》三大部分。《风》又称《国风》，包括十五国风，为各地的土风歌谣；《雅》分为《大雅》和《小雅》，为正声雅乐；《颂》分为《周颂》《鲁颂》《商颂》三个部分，是专门用于宗庙祭祀的舞曲歌辞。《诗经》里大量运用了"赋""比""兴"的表现手法。"赋"就是铺陈直言；"比"是比喻；而"兴"则是先描绘某种具体事物的形象，用以引起所要咏唱的内容。"风雅颂"和"赋比兴"合起来，被称为《诗

《清庙之什图》局部（宋，马和之）

经》的六义。

《诗经》中艺术价值最高的作品大多在《国风》与《小雅》中。《国风》与《离骚》合称"风骚"，风骚后来被用作文学和文采的代称。作为儒家经典，历代研究《诗经》的人很多，逐渐形成了专门的诗经学。

屈原

（前 340/339 ~ 约前 278）

中国战国时期楚国诗人、政治家。名平，字原。据推断为丹阳（今湖北秭归东南）人。屈原是与楚王同姓的贵族。早年任三闾大夫。受到楚怀王的拔擢和信任，不久被任命为左徒。先遭谗被疏，后被流放江南。顷襄王二十一年（前 278），秦军攻陷郢都。屈原自沉于汨罗江。

其主要作品有《离骚》《天问》《九章》《九歌》等。屈

湖北秭归屈原祠全景（新华社提供，郝同前拍摄）

原的作品是中国诗歌发展史上的一个飞跃，其浓郁的浪漫主义风格对后世影响极大；其立身处世的方式，也被后世正直的文人引为仿效的榜样。

《离骚》

楚辞篇名。中国战国时期楚国诗人屈原的代表作。370多句，2400多字，为中国古代最长的抒情诗。

诗中塑造了具有崇高品格的抒情主人公形象，反映了诗人实施"美政"、振兴楚国的政治理想和爱国感情，表现了诗人修身洁行的高尚节操和疾恶如仇的斗争精神，并对楚国的腐败政治和黑暗势力作了无情的揭露和斥责。诗中大量运用古代神话和传说，通过极其丰富的想象和联想，采取铺张描述的写法，构成了绚烂多彩的幻想世界，具有强烈的艺术魅力。

《离骚》图（清，门应兆）

《左传》

记载中国春秋历史的编年史书。又称《左氏春秋》《春秋左氏传》《春秋内传》。为儒家经典之一。约20万字。传为春秋末鲁人左丘明作，实际成书时间当在战国中期。

《左传》多用史事解释《春秋》，是春秋史实的详细记录。传文起于鲁隐公元年（前722），止于鲁悼公四年（前464），比《春秋》多记17年；叙事更至鲁悼公十四年（前454）。《左传》保存了大量古代史料和当时哲学思想的片段材料，是研究春秋思想史的重要典籍。注本很多。对后世史学、文学都有重要影响。

《战国策》

中国战国时纵横家说辞和权变故事的汇编。它不作于一时，也不成于一手。《战国策》中的权变故事，大体可分作两类：一类是早期作品，说辞大体符合历史事实，史料价值较高，许多中短篇说辞都属于这一类；另一类是晚出的拟作，拟作者对史事已颇茫然，其中许多都是托喻之言、虚构之事，

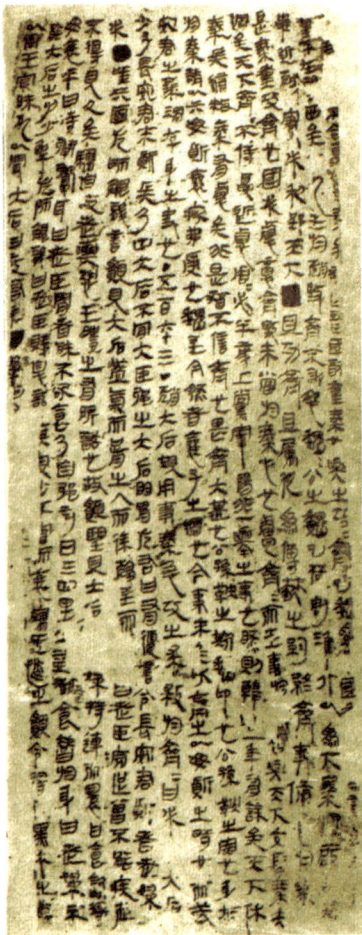

帛书《战国策》局部（湖南长沙马王堆汉墓出土）

许多长篇说辞都属于这一类。西汉末年，刘向依其国别，略以时间编次，定著为《战国策》33篇。今天所见的《战国策》，分国编次，共33篇460章，也有分为497章的。其所记史事，上起公元前490年知伯灭

范氏、中行氏，下迄前221年秦始皇统一中国，反映出上下270年中重要的政治、军事和外交活动。

《战国策》为后世治史者提供了不可缺少的资料，而且《战国策》所收多是优秀散文，对后代文学有深远影响。

《国语》

杂记中国西周至春秋时周、鲁、齐、晋、郑、楚、吴、越八国人物与事迹及言论的国别史。又称《春秋外传》。旧说为春秋末鲁人左丘明所作，与《左传》同为解说《春秋》的姊妹篇。战国时该书已流行于世。全书21卷，起自周穆王，终于鲁悼公，以记述西周末年至春秋时期各国贵族言论为主。《国语》的思想比较驳杂。它重在纪实，所以表现出来的思想也随所记之人、所记之言不同而各异。

《论语》

中国儒家重要经典。孔子的弟子记录孔子言行的著作。其间有孔子与其弟子的对话。成书于战国初期，是研究孔子思想的主要资料。

现行《论语》凡20篇，共1.2万字。内容广泛，多半涉及人类社会生活问题，论及如何立身行事，如何处理人与人、人与社会的关系等。汉代学者一般称该书为传，宋时正式将其列为经。五四运动之前的约2000年中，一直是中国的初学必读书，流传很广，对

《论语》书影（宋刻本）

中华民族的心理素质和精神面貌产生了很大影响。在国际上，其译本之多、流传之广仅次于《圣经》。

《孟子》

中国战国时期思想家孟子的言论汇编。由孟子与其弟子共同编纂而成。约成书于战国中期。全书现存7篇，体裁与《论语》大致相似。北宋时，《孟子》上升为经，被列于"九经"。南宋朱熹将《孟子》列入"四书"，其经典地位才真正确立。元、明、清三代，《孟子》成为学者必读之书。

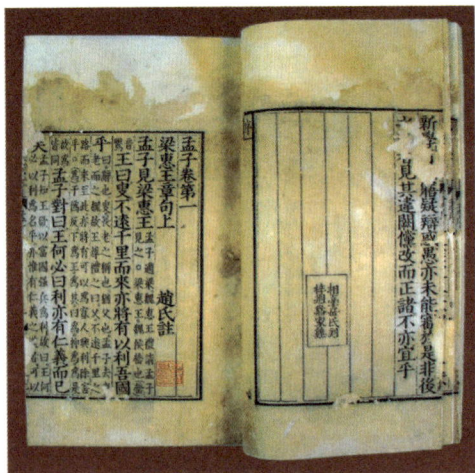

《孟子》书影（清刻本）

《孟子》集中反映了孟子作为先秦儒家主要代表的基本思想，是中国思想史和儒学史上重要的典籍，在历史上有极大的影响。

《荀子》

中国战国末期思想家荀子的著作。全书现存32篇。大部分为荀子自著，其余为荀子弟子记录的荀子言语和思想观点。约成书于战国末期。《荀子》内容驳杂，包括天地古今、政治、经济、哲学、军事、教育、道德、文艺等方面，显示出博大的杂家形象。汉代以后，《荀子》一直不被重视。至唐，始有人为其作注。

《荀子》作为研究和了解荀子思想的主要资料，在先秦诸子和儒家思想资料中占有重要地位。

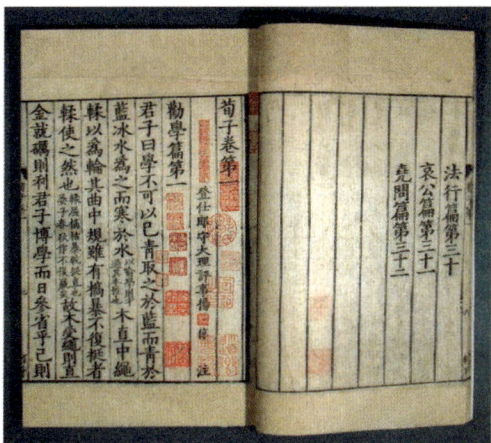

《荀子》书影（宋刻本）

《韩非子》

中国战国末期思想家韩非的著作集。原名《韩子》，唐宋后改为《韩非子》。由西汉经学家、目录学家刘向编定。凡55篇。《韩非子》总结了商鞅、申不害和慎到三家的思想，提

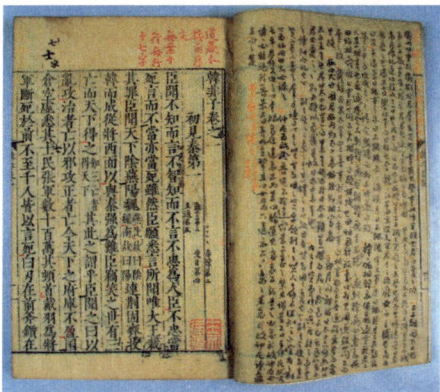

《韩非子》书影（明刻孤本）

出了一套法、术、势相结合的法治理论。它的大量寓言故事，具有很高的文学价值。它又是一部重要的哲学著作，阐述了"道理相应"的理论和注重"参验"的认知论；通过"矛盾之说"，阐发了丰富的辩证思想。

《庄子》

中国战国时期哲学家庄子及其后学的著作。据《汉书·艺文志》著录，《庄子》52篇。今存33篇，分内7篇、外15篇、杂11篇。一般认为，内篇是庄周自著；外、杂篇则兼有其后学之作，甚至羼入其他学派的个别篇章。

《庄子》一书在汉代未被重视。魏晋时期，它和《周易》《老子》一起并称为"三玄"。唐天宝元年（742），诏号《庄子》为《南华经》，《庄子》正式成为道教经典之一。

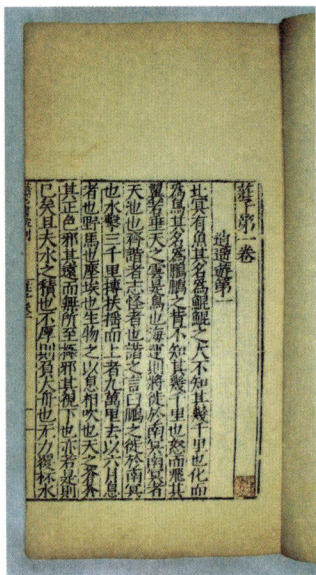

《庄子》书影（明刻本）

贾谊

（前 200 ~ 前 168）

中国西汉政论家、思想家和文学家。洛阳（今河南洛阳）人。颇通诸子百家之书。文帝即位之初，任为博士。一年之中破格升迁为太中大夫。后为长沙王太傅。三年后被召回长安，任梁怀王太傅。文帝十一年（前 169），梁怀王坠马而死。贾谊自伤失职，翌年也悲郁而死。

据《汉书·艺文志》记载，贾谊的著作有《贾子》58 篇、赋 7 篇。今传《新书》是后人纂辑的贾谊著作汇编。贾谊的主要政论思想和社会政治主张集中反映在《过秦论》和《治安策》中。贾谊在《过秦论》中比较中肯地探讨了秦朝二世而亡的历史教训；在《治安策》中对汉初的社会弊病作了深刻揭露，并提出了一系列对策，

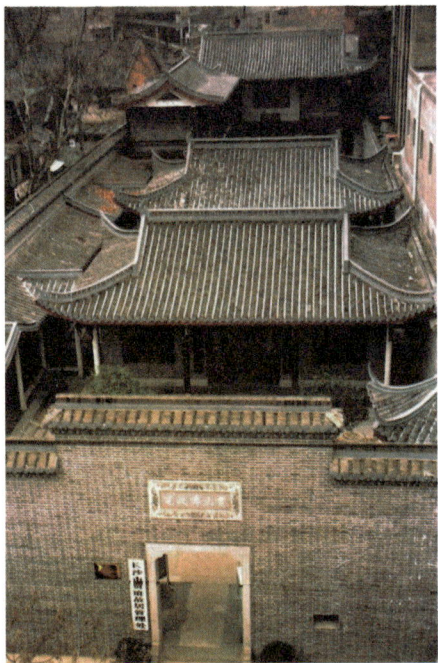

湖南长沙贾谊故居全景（新华社提供，刘东拍摄）

如强本节侈、众建诸侯而少其力、重礼抑法等。这些观点部分为文帝所采纳，对当世和整个汉代的政治产生了很大影响。

《史记》

中国第一部纪传体通史。西汉史学家司马迁撰。初名《太史公书》。记事起于传说中的黄帝，讫于汉武帝，历时三千余年。所述史事，详于战国、秦、汉。据《太史公自序》记载，全书130篇，包括本纪12篇、表10篇、书8篇、世家30篇、列传70篇。在中国史学发展史上，《史记》堪称第一部规模宏大、体制完备的中国通史。由它开端的史书纪传体影响深远，后来历代的正史都采用了这一体裁。它的大部分文字生动精练，写人叙事形象鲜明，对中国后世的散文和传记文学有很大的影响。

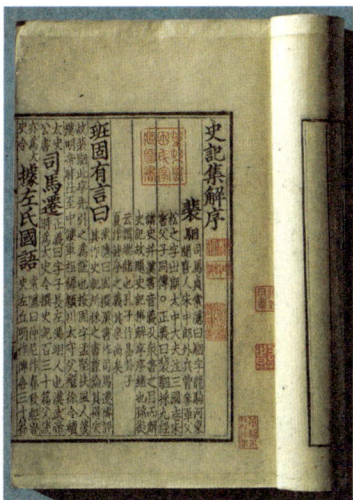

《史记》书影（南宋黄善夫家塾刻本）

司马相如

（前179～前118）

中国西汉辞赋家。字长卿。蜀郡成都（今四川成都）人。少好读书击剑。景帝时任武骑常侍。景帝不好辞赋，他称病免官，来到梁国，与梁孝王的文学侍从枚乘等同游，作《子虚赋》。武帝见到《子虚赋》深为赞赏。司马相如被召见，又为武帝作《上林赋》。

《汉书·艺文志》著录司马相如赋29篇，今仅存《子虚赋》《上林赋》等6篇。其赋重铺排、夸饰，文辞富丽，极富文采美和音乐美，往往于篇末寄寓讽谏。司马相如是汉代大赋的代表作家，对后世影响较大。

四川邛崃文君花园的琴台。相传是当年司马相如弹琴的地方（新华社提供，沈楚白拍摄）

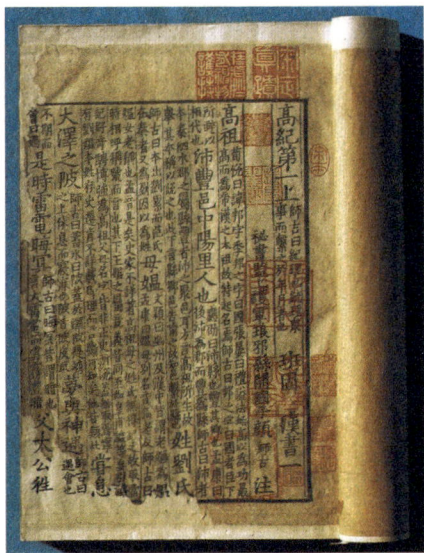

《汉书》书影（北宋刻递修本）

丽典雅，颇受后世散文作家的喜爱。

《汉书》

中国第一部纪传体断代史。东汉史学家班固编撰。共100篇，包括本纪12篇、表8篇、志10篇、传70篇；后人析为120卷。它是研究西汉历史的重要资料。

该书首创断代史的编纂方法，体例继承《史记》而有所变化，对后来的史书影响很大。《汉书》的语言整饬详赡、富

三曹

汉魏时期曹操与其子曹丕、曹植的合称。沛国谯县（今安徽亳州）人。他们因在政治上的地位和文学上的成就，对当时的文坛很有影响，是建安文学的代表，故后人合称之为"三曹"。

曹操（155～220），字孟德。三国时政治家、军事家、诗人。其诗歌今存不足20篇，全部是

乐府诗体。所作《薤露行》《蒿里行》《步出夏门行·观沧海》等，皆悲凉雄浑，气势磅礴。在他奖掖、提携下，周围聚集了一批优秀文人，形成了著名的建安文学。其诗歌艺术风格朴实无华、不尚藻饰。他开创了以乐府写时事的传统，影响深远。

曹丕（187～226），字子桓。魏文帝。其文学成就以诗歌创作和文学理论最为突出。所存诗歌较完整的约40首。曹丕的诗歌笔致比较细腻，语言不尚繁缛，民歌风味相当浓，显得格调清新，不少诗篇与汉乐府民歌风格很接近。其《典论·论文》开启了综合评论作家作品的风气，对中国文学批评的发展有很大影响。

曹植（192～232），字子建。为建安文学的集大成者。其诗现存约80首，大部分是乐府诗。

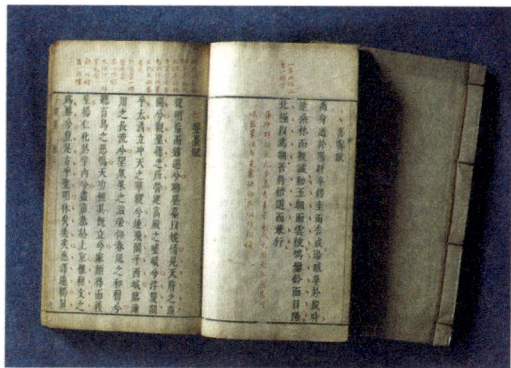

《曹子建集》书影

对五言诗的创作贡献甚大，被视为五言诗的一代宗匠。其诗"骨气奇高，词采华茂，情兼雅怨，体被文质"。此外，其章表、辞赋也十分出色。赋今存40余篇，数量在汉魏作者中为第一。最出色的赋有《洛神赋》《鹞雀赋》《蝙蝠赋》等。

《后汉书》

中国纪传体东汉断代史。南朝宋范晔撰。分纪10篇、列传80篇、志8篇。志为晋司马彪撰，一般称《续汉书》。

范晔（398～445），字蔚宗，顺阳（今河南淅川东南）人。曾为参军，累迁尚书吏部郎。

宋文帝元嘉九年（432），因事左迁宣城太守，郁郁不得志，遂以著述为事，撰写《后汉书》。后因陷入政治斗争而遇害。

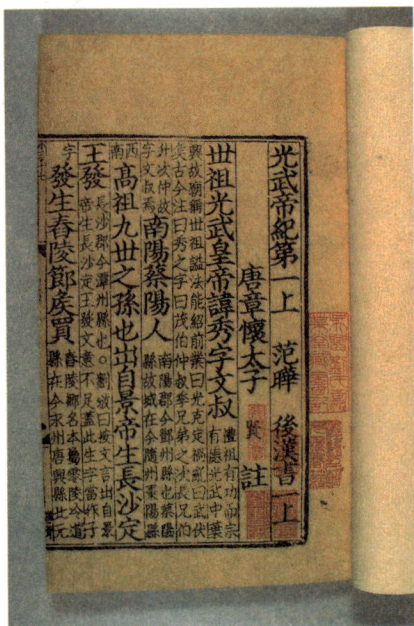
《后汉书》书影（宋白鹭洲书院刻本）

范晔撰写《后汉书》以前，已经出现了多家后汉史作。范晔博采众书、斟酌去取，成一家之言。他原拟效法《汉书》，撰写志10篇，但因被杀而未及完成。《后汉书》记事简明扼要，疏而不漏，后来居上。它传世后，除袁宏的《后汉纪》外，其他各家后汉史作相继失传。

陶渊明

（365～427）

中国东晋诗人。名潜，字元亮。或说一名渊明，字元亮。自号五柳先生。浔阳柴桑（今江西九江）人。出身于没落的仕宦家庭。晋孝武帝太元十八年（393）入仕为江州祭酒，不久解职归里。后来被召为江州主簿，未到任。后入刘裕幕为镇军参军。义熙元年（405），转入刘敬宣幕为建威参军。是年请求改任彭泽县令，不久辞官归隐，再未出仕。

陶渊明

陶渊明的诗歌今存125首，多为五言诗。陶渊明是田园诗的开创者，诗歌以田园诗数量最多，成就最高。《桃花源诗》

大约作于南朝宋初年，描绘了一个乌托邦式的理想社会，表现了诗人对现存社会制度的彻底否定与对理想世界的无限追慕之情，标志着陶渊明的思想达到了一个崭新的高度。现存辞赋3篇、韵文5篇、散文4篇。语言质朴自然，具有独特风格。《归去来兮辞》《五柳先生传》《桃花源记》最见其性情和思想。

唐诗

唐代是中国诗歌创作高度繁荣的时期，也是中国诗歌艺术成就的高峰。唐代诗坛大诗人众多，佳作如林。唐诗的发展大致经历了初唐的诗歌变革准备、盛唐的全面繁荣、中唐的二次繁荣和晚唐注重形式技巧而气势衰落四个阶段。

唐初，诗风主要受南朝的影响，气象风调却变为雍容华贵。宫廷诗人上官仪的诗，"绮错婉媚"，被广泛模仿，称为"上官体"。初唐诗开始摆脱南朝诗风影响的是被后人称为"初唐四杰"的王勃、杨炯、卢照邻、骆宾王。继之而起的是诗人陈子昂，他的诗标志着诗风的巨大转变。初唐诗歌在诗歌题材和风貌发生变化的同时，也吸收发展魏晋南北朝以来积累起来的丰富艺术经验。与陈子昂同时的诗人杨炯、杜审言、李峤、沈佺期、宋之问等人在律诗的定型上做出了很大贡献。同时，诗歌意象境界创作技巧走向成熟，代表诗作是张若虚的《春

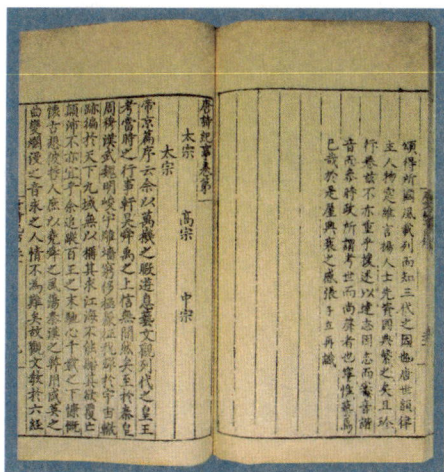

《唐诗纪事》书影（明嘉靖刻本）

江花月夜》。

盛唐是唐诗发展的高峰。张说、贺知章、张旭、王翰、王湾、张九龄先后登上诗坛。之后，中国诗歌史上的一批巨星升起，出现了诗的辉煌时代。孟浩然、王维善于表现山水田园的美，表现人与自然和谐相处的宁静平和的心境。高适、岑参、王昌龄、祖咏、王之涣等则以反映边塞军旅生活见长。标志着盛唐诗歌最高成就的是李白和杜甫。他们的诗歌风格不同，但在艺术上同样达到出神入化的境地，不分轩轾。与杜甫同时的元结及《箧中集》的作者，以写实的手法描写生活的艰辛，在盛唐诗坛上形成一个小小的流派。

中唐是唐诗发展史上的重要转折时期，也是继盛唐之后的又一个繁荣时期。中唐前期盛行"气骨顿衰"的大历诗风。

以刘长卿、韦应物和"大历十才子"为代表的大历诗人，把律诗写得更加精致细腻。元和年间出现了不同的诗歌流派。王建、张籍以古题乐府写民间生活。元稹、白居易、李绅提倡新乐府，主张讽喻。元稹的言情短诗和他与白居易的唱和诗，在当时受到广泛仿效，人称"元和体"。与元白诗派在诗歌艺术取向上不同的是以韩愈、孟郊为代表的韩孟诗派。这一诗派除韩、孟之外，还有李贺、卢仝、刘叉和贾岛等人，注重主观情思的自由抒发。中唐除韩孟诗派外，还有柳宗元、刘禹锡等。柳宗元与韦应物并称"韦柳"。刘禹锡才力雄健，有"诗豪"之称。

晚唐是唐诗发展的夕阳返照时期。杜牧、许浑有非常好的咏史诗。李商隐则成为深入细腻反映心灵世界的名家。温庭筠词彩秾丽，内容则趋于轻艳。咸通以后直至唐亡，诗人诗作众多，而成就却不大。这时较有成就的诗人是郑谷和韦庄。

初唐四杰

中国初唐文学家王勃（650～676/684）、杨炯（650～？）、卢照邻（约636～695后）、骆宾王（约626/627～684后）的合称。四杰齐名，原主要指骈文和赋而言，后主要用以评其诗。四杰名次，记载不一。四杰的诗文虽未脱齐梁以来绮丽余习，但力求扭转文学风气。他们的诗歌从宫廷走向人生，题材广泛，风格清俊。卢、骆的七言歌行趋向辞赋化，气势稍壮；王、杨的五言律诗开始规范化，音调铿锵。骈文也在词采富赡中寓有灵活生动之气。清陆时雍的《诗镜总论》认为："王勃高华，杨炯雄厚，照邻

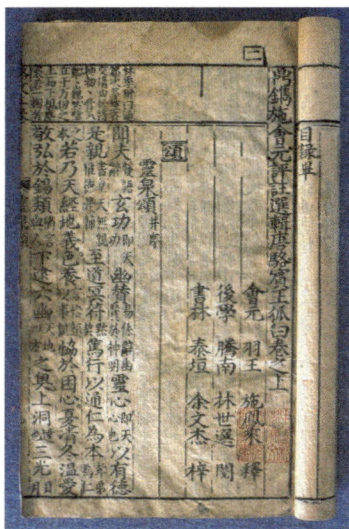

《骈文选注》书影

清藻，宾王坦易。"

孟浩然

（689～740）

中国唐代诗人。或曰名浩，字浩然。襄州襄阳（今湖北襄阳）人，世称孟襄阳。前半生主要居家侍亲读书。开元十五年（727）赴京师长安举进士，次年落第。漫游吴越等地多年后归返襄阳。晚年入张九龄幕府。后患背疽而卒。

田园隐逸、山水行旅是孟浩然诗歌创作的主要内容。其

诗不事雕饰，清淡简朴，感受亲切真实，生活气息浓厚，富有超妙自得之趣。如《秋登万山寄张五》《过故人庄》《春晓》等篇，自然浑成，韵致飘逸，意境清迥，空灵蕴藉，挹之不尽。尤其是《春晓》自然流转，无迹可寻，一派静气，脍炙千古。而其《过故人庄》淳朴宁静，率然天真，将田园诗推向极致。

孟浩然

王维

（约 701 ~ 761）

中国唐代诗人、画家。字摩诘。祖籍太原祁县（今山西祁县），后随父迁蒲州（今山西永济）。开元九年（721）中进士，任大乐丞。不久因事受牵累被贬。后为宰相张九龄所擢拔。安史之乱前，官至给事中。安史之乱中被俘，被迫接受伪职。乱平，被降职，后复累迁给事中，以尚书右丞终。世称王右丞。

王维以擅长描写山水田园等自然风景著称。他的山水田园诗多表达流连山水的闲情逸致和闲居生活中的自在情趣，喜欢刻画宁静幽美的境界，代表作有《山居秋暝》《鸟鸣涧》等。其山水田园诗极有画意，常常是略事渲染，便表现出深长悠远的

王维作《长江积雪图》

意境。王维表现友情、亲情的诗歌数量甚多，大都真挚动人。其五律和五、七言绝句造诣最高，其他各体也都擅长。

王维精通音乐，擅长绘画。其水墨画尤为人称许。明代董其昌创立的南北宗论中把王维称为南宗之祖。

李白
（701～762）

中国唐代诗人。字太白，号青莲居士。自称祖籍陇西成纪（今甘肃静宁西南）。生于西域，一说生于绵州昌隆（今四川江油）。开元十三年（725）出蜀东游，此后漫游了长江、黄河中下游的许多地方。天宝元年（742）被玄宗召入长安，供奉翰林。不满两年即被迫辞官离京。晚年流落在江南一带至病逝。

李白是屈原之后最伟大的浪漫主义诗人，人称"诗仙"。

他善于运用夸张的手法、生动的比喻、丰富的想象、自由解放的体裁和朴素优美的语言来表现热烈奔放的思想感情。《古风》59首是他五古的代表作品。他的七言古诗具有更大的创造性，有《远别离》《蜀道难》《行路难》《将进酒》《梦游天姥吟留别》等名篇。其诗歌语言直率自然，音节和谐流畅，浑然天成，对后世产生了深远影响。

李白书《上阳台帖》

杜甫
（712～770）

中国唐代诗人。字子美。祖籍襄阳（今湖北襄阳），生于巩县（今河南巩义）。曾漫游各地。天宝五载（746）到长安，留滞将近十年。十四载（755）任右卫率府兵曹参军。安史之乱中为叛军俘获，脱身后被肃宗任命为左拾遗。后被贬为华州司功参军，遂弃官入蜀。大历三年（768）入湖南。后世称为杜少陵、杜拾遗、杜工部。

杜甫是中国文学史上最伟大的现实主义诗人，在艺术上被公认为唐诗集大成者，被尊为"诗圣"。杜诗向以反映现实和忧国忧民备受推重，有"诗史"之誉。名篇极多，其中"三吏""三别"和《兵车行》《自京赴奉先咏怀五百字》《北征》《茅屋为秋风所破歌》等为古体诗代表作，《春望》《秋兴》《咏怀古迹》《登高》等为律诗代表作。其诗在沉郁苍凉之中兼有雄浑瑰丽之致，语言凝练，讲究格律，注意音节的响亮顿挫，

《杜甫诗意图》局部（南宋，赵葵）

对后世有极深远的影响。

白居易

（772 ~ 846）

中国唐代诗人。字乐天，号香山居士、醉吟先生。祖籍太原（今山西太原），生于郑州新郑（今河南新郑）。贞元十六年（800）进士及第。元和二年（807）被召入翰林。后加左拾遗、太子左赞善大夫等职。十年，因得罪权贵被贬为江州司马。十五年被召回长安。历任杭州刺史、刑部侍郎、太子少傅等职，后以刑部尚书致仕。

白居易是中唐新乐府诗歌革新的代表人物，曾将自己的诗分成讽喻、闲适、感伤、杂律四类。其中讽喻诗广泛反映社会黑暗和民生疾苦，代表作有《新乐府》50首、《秦中吟》10首；闲适诗抒写对归隐田园宁静生活的向往和洁身自好的志趣；感伤诗随遇感咏，以叙事长诗《长恨歌》和《琵琶行》最有名；杂律诗多抒情写景小诗，以白描手法勾画出生意盎然的境界。与诗人元稹并称为"元白"。白居易诗歌的语言极炼如不炼，拙中见工巧。

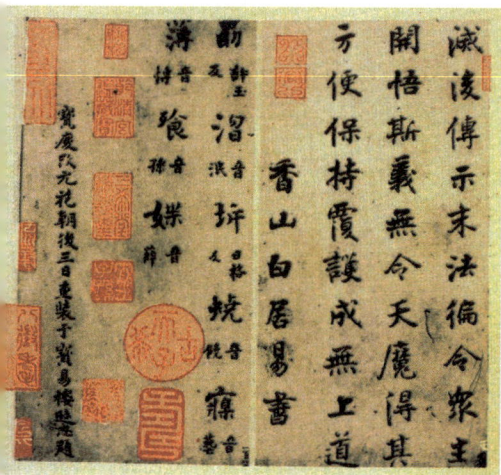

白居易书《楞严经》

杜牧

（803～852）

中国唐代文学家。字牧之。京兆万年（今陕西西安）人。大和二年（828）进士及第。此后在各地节度使处任幕僚。开成四年（839）回朝，历任左补阙及膳部、比部员外郎。会昌二年（842）以后，相继出任黄州、池州、睦州、湖州刺史等职。官终中书舍人。晚年居长安城南樊川别墅，世称杜紫微、杜樊川。

杜牧诗歌成就尤高，与李商隐齐名，并称"小李杜"。其五言古诗纵横驰骋，感慨苍劲，代表作有《感怀诗》《郡斋独酌》等。其七言律绝文辞清丽，情韵跌宕，能于拗折峭健之中时见风华流美之致，气势豪宕而情韵缠绵。《江南春绝句》《泊秦淮》《山行》等均脍炙人口。咏史绝句，如《赤

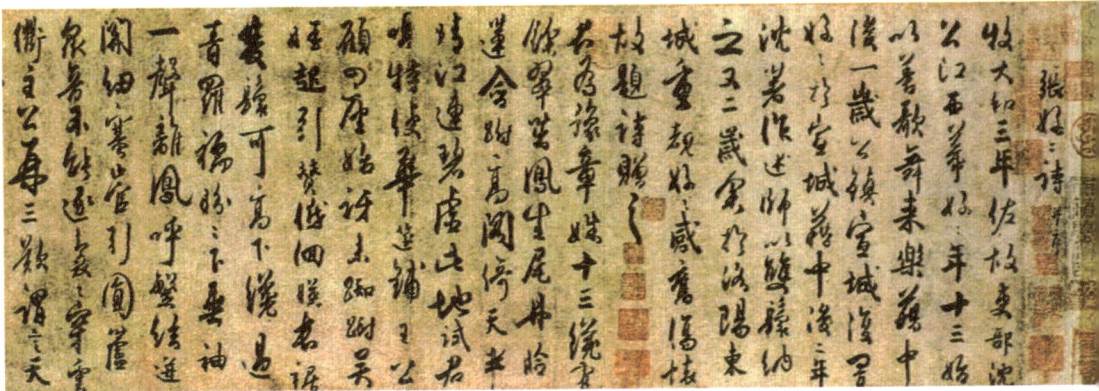

杜牧书《张好好诗并序》

壁》《过华清宫绝句三首》《题商山四皓庙》等，以议论见长，警拔精悍。

杜牧的文章在晚唐自成一家。《阿房宫赋》把散文笔法、句式引入赋中，对后来赋体的发展有重要影响。

李商隐

（约811～约859）

中国唐代诗人。字义山，号玉谿生、樊南生。怀州河内（今河南沁阳）人，祖辈迁荥阳（今属河南）。开成二年（837）进士及第。由于卷入党争，终生不得志。历任秘书省校书郎、弘农尉等职。后赴桂州、徐州、梓州任幕僚。大中九年（855）归长安，后被荐为盐铁推事。十二年冬因病闲居。

李商隐在晚唐诗坛与杜牧、温庭筠齐名，人称"小李杜""温李"。其诗各体俱佳，尤以五、七言律绝成就为高。政治抒情诗把内容的尖锐辛辣、措辞的委婉深曲、抒情的沉挚和议论的隽永相结合，很受历代诗评家赞赏，代表作有长篇史诗《行次西郊作一百韵》、咏史诗《瑶池》《贾生》《隋宫》等。个人生活抒情诗多致力于婉曲见意，往往寄兴深微，余味无穷，代表作有《无题》《锦瑟》等。

诗歌以外，李商隐的骈文在当时相当出名，不仅属对工整，用事精切，且疏密相间，气韵自然。

唐宋八大家

中国唐代散文家韩愈、柳宗元，宋代散文家欧阳修、苏洵、苏轼、苏辙、曾巩和王安石的合称。八家合称，始于明初朱右的《八先生文集》（今不传）。明末茅坤广选八家文，编成《唐宋八大家文钞》。《文钞》一出，"盛行海内"。"唐宋八大家"之称，随《文钞》的风行而广为人知。

八家文是唐宋散文艺术成就的最高代表。八家合称，是唐宋散文发展的客观反映。自此以后，治古文者都以八家为一宗。

韩愈

（768 ~ 824）

中国唐代文学家、思想家、教育家。唐宋八大家之一。字退之。河阳（今河南孟州）人。祖籍昌黎（今辽宁义县），世称韩昌黎。25岁中进士。贞元十九年（803）任监察御史，因上书请减免赋税被贬。宪宗时获赦北归，累迁刑部侍郎。因谏迎佛骨再次被贬。不久回朝，历任国子祭酒、兵部侍郎、吏部侍郎等职。谥号"文"，世称韩文公。

韩愈在政治、哲学、教育、

广东潮州韩文公祠

文学上都建树卓异。在政治上，反对藩镇割据，维护国家统一。在哲学上，持天命论。在教育上，主张"业精于勤""行成于思"。

在文学上，韩愈为唐代古文运动领袖，为文反对骈偶，提倡散体，强调"词必己出"，务去陈言。其散文气势充沛，纵横捭阖，奇偶交错，巧譬善喻，或诡谲，或严正，具有多样的艺术特色。代表作有《原道》《原毁》《师说》《祭十二郎文》《张中丞传后叙》等。韩愈的诗也有独创成就，艺术特色主要是奇特雄伟、光怪陆离，善写雄奇境界。

柳宗元

（773～819）

中国唐代文学家、哲学家。唐宋八大家之一。字子厚。祖籍河东（今山西永济西），世称柳河东。贞元九年（793）进士及第。永贞元年（805）参与

广西柳州柳宗元衣冠墓（新华社提供，何国正拍摄）

由王叔文领导的革新活动，失败后被贬为永州司马。后迁柳州刺史，政绩卓著。人称柳柳州。

柳宗元倡导古文运动，与韩愈并称"韩柳"。他诗文兼擅，文的成就更高。哲学、历史、政治论文说理畅达，笔无藏锋，以识见敏锐、思理深刻见称。哲学论文如《天说》等，政治论文如《封建论》等。文学创作包括寓言、骚赋、骈文、传记等文体，而以讽刺杂文和山水游记最具特色。讽刺杂文大都结构短小而用语精警，立意深刻，颇富哲理，名篇有《三戒》等。山水游记最为脍炙人

口，典范之作为"永州八记"。
柳诗峭刻精工，善写山水风物，
亦有反映民生疾苦之作。

欧阳修

（1007～1072）

中国北宋政治家、文学家。
唐宋八大家之一。字永叔，号
醉翁，晚号六一居士。吉州永
丰（今属江西）人。天圣八年
（1030）进士及第。次年任西
京留守推官，后迁馆阁校勘。
庆历三年（1043），范仲淹等
推行新政，欧阳修积极参与。
新政失败后，被贬为滁州太守。
至和初奉诏入京，修《新唐书》。
累官至参知政事，后告老。

欧阳修是北宋诗文革新运
动的领袖，诗词文皆佳。其文
学创作成就首推古文。散文大
都内容充实，气势旺盛，具有
平易自然、流畅婉转的艺术风
格。《秋声赋》《朋党论》《五

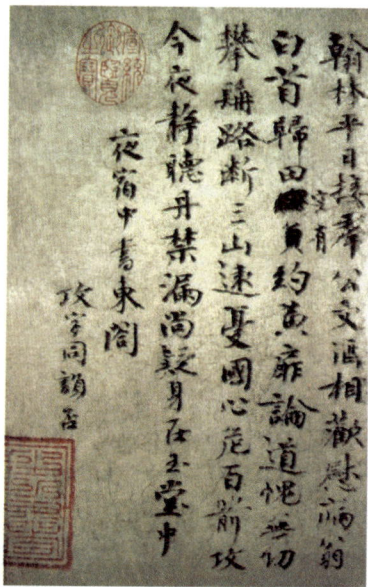

欧阳修自书诗文稿

代史伶官传序》《醉翁亭记》
《祭石曼卿文》等，都是历代
传诵的佳作。其诗歌成就略逊
于散文，有议论化、散文化的
倾向，呈现出多样化的风格。
其词内容主要是恋情相思、酣
饮醉歌、惜春赏花之类。一部
分词描写自然风光和乡村景物，
语言清新恬静，极富情韵。

三苏

中国北宋文学家苏洵和
他的儿子苏轼、苏辙的合称。

均在唐宋八大家之列。眉州眉山（今属四川）人。嘉祐元年（1056），三苏来到东京（今河南开封）应试。由于欧阳修的赏识和推誉，他们的文章很快著称于世。三苏之中，苏洵和苏辙主要以散文著称，苏轼在诗、词、散文、画等方面都取得了独到的成就。

苏洵（1009～1066），字明允，号老泉。其文学创作成就主要是散文。文章大部分是议论文，往往直接针对北宋社会的现实而作。《几策》《衡论》《上皇帝书》明确提出治国安邦的政治革新主张。其散文以气势胜，观点明确，论据有力，语言犀利，酣畅恣肆，呈现出雄奇高古的风格。诗作以五、七言古诗见长，名篇有《欧阳永叔白兔》《赠陈景回》等。

苏轼（1037～1101），字子瞻，号东坡居士。其诗洒脱豪放，格调清新，自成一体。苏轼开创了豪放词派，其词一扫晚唐五代以来绮丽柔靡之风，状景写人，抒情言事，慷慨激昂，清新豪迈。苏轼的散文代表了北宋古文运动的最高成就，气势磅礴，自然流畅。另外，他

四川眉山三苏祠内百坡亭（新华社提供，吴祖政拍摄）

工于书法，是宋代四大书法家之一；又善于绘画，讲究神似。

苏辙（1039～1112），字子由、同叔。苏辙的文学成就主要在散文创作。他擅长议论文，《历代论》45篇为其代表作。它们以探讨治乱得失为主，大多立意允当，结构平稳，行文

纡徐百折，语言朴实简古，有汪洋淡泊之态、一唱三叹之致。其记叙文较少，出色之作有《武昌九曲亭记》《黄州快哉亭记》等。其诗类其文，自然朴实，闲淡高雅。

王安石
（1021～1086）

中国宋代政治家、思想家和文学家。唐宋八大家之一。字介甫，号半山。江西临川（今江西抚州）人，世称临川先生。庆历二年（1042）进士及第。历任签书淮南节度判官厅公事、知鄞县事、开封群牧司判官、知常州事等职。熙宁二年（1069）出任参知政事。次年升任宰相，开始变法。七年第一次罢相，八年再任相事。九年再次辞去相位，退居江宁。

王安石是北宋诗文革新运动的积极参加者。他的散文创作以论说文的成就最为突出，文风"简而能庄"，字字着力，逻辑严密。人物传记如《伤仲永》，语言朴实，虽着墨不多，却给人以鲜明印象。散文中墓志碑文为数甚多，文笔简妙老洁，亲切感人。抒情文以祭文为多，词语古朴，情意真挚。退居江宁以前所写的诗歌，多数属于政治诗。退居江宁以后写了大量山水田园诗，如《书湖阴先生壁》《泊船瓜洲》等。王安石的词数量不多，艺术性却比较高。

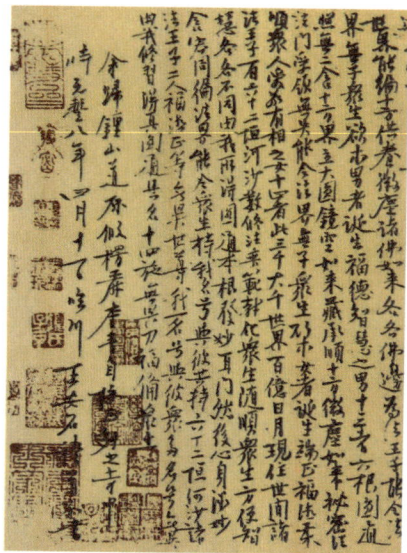

王安石书《楞严经旨要卷》

宋词

中国宋代文学样式。萌于唐而大盛于宋。宋词的发展自北宋而始大,至南宋而极其工。

北宋初期以承袭晚唐五代词风为主,崇尚浮靡,内容多花前月下,形式多小令,风格多香软。代表词人有晏殊、张先、柳永、欧阳修等。北宋中期是宋词成为一代文学的关键时期,代表词人是苏轼。他从根本上改造了词的体制,提高了词的地位,开拓了词的内容,创立了豪放词。北宋后期只有一小部分人继承苏轼的词风,如黄庭坚的一小部分词,多数词人仍沿婉约词风发展,包括苏轼的门人秦观在内。这一时期最重要的词人是周邦彦。其词比之前的婉约词制作更精,韵律更严,艺术成就更高。

南宋初期的词人多由北宋而来,他们在北宋末年多写艳丽之作,南渡后多抒发乡关之思、亡国之痛和抗敌御侮之情。代表词人有李清照、张元干、张孝祥、朱敦儒等。南宋中期是宋词的繁盛期,代表词人有辛弃疾、陆游、陈亮、刘过。特别是辛弃疾,其豪放词足以使豪放词成为宋词中的一大流派。这一时期以姜夔为代表的婉约词也取得了巨大成就。南宋后期的词坛纷纭繁杂。一方面辛弃疾的继起者刘克庄、刘辰翁、文天祥等所作的豪放词,内容多写抗敌斗争和亡国之恨,风格更为沉郁悲壮;另一方面姜夔的继起者吴文英、王沂孙、张炎等所作的婉约词,内容多

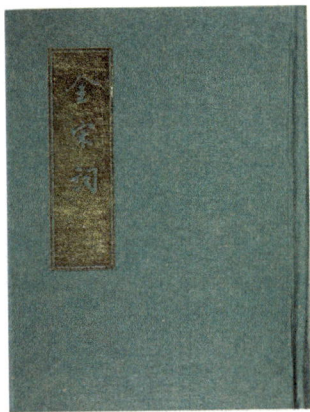

《全宋词》封面

抒发凄凉哀怨之情，风格更重骚雅、空灵与音律。

宋代词派众多，但从总体上看，不出婉约、豪放两派。婉约、豪放虽不足以概括丰富多彩的宋词，但概括了阴柔、阳刚的两种基本倾向。婉约词多写儿女风情，结构缜密，音律谐婉，语言圆润，风格清新绮丽；豪放词视野开阔，气象恢宏雄放，喜用诗文的手法、句法和字法，用典较多，不受音律限制，时有粗疏平直之弊。

苏轼

（1037 ～ 1101）

中国北宋文学家、书画家。唐宋八大家之一。字子瞻，号东坡居士。苏洵子、苏辙兄。眉州眉山（今属四川）人。嘉祐二年（1057）进士及第。四年，因与王安石政见不合，出为杭州通判，先后知密州、徐州、湖州。元丰二年（1079）因作诗讽刺新法而被下狱，后出任黄州团练副使。八年被召还朝，累官至礼部尚书。绍圣元年（1094）因讥刺神宗被贬官惠州、儋州。徽宗初遇赦被召还，病逝于途中。

苏轼在诗、词、散文等领域都取得了独到的成就。苏诗境界开阔，明快直露，气势磅礴，感情奔放，想象丰富，奇趣横生。苏诗各体兼备，尤长于古体诗和七言歌行。苏轼是豪放词派的开创者，其《念奴娇·赤壁怀古》是豪放词的千古名篇。他还发展了婉约词，扩大了婉

四川眉山三苏祠里的苏轼坐像（新华社提供，吴祖政拍摄）

约词的题材，提高了婉约词的格调。其散文代表了北宋古文运动的最高成就。苏文往往信笔书意，自然圆畅，挥洒自如，代表作有文赋《赤壁赋》《后赤壁赋》，游记《超然台记》《凌虚台记》《石钟山记》，碑传文《方山子传》《潮州韩文公庙碑》等。

苏轼是宋代杰出的书法家，居"宋四家"之首，精于行书及楷书。他大力提倡文人写意画，善作枯木、怪石、墨竹。

李清照

（1084～约1155）

中国宋代词人。自号易安居士。济南章丘（今属山东）人。父李格非，官至礼部员外郎。夫赵明诚，金石考据家。早年生活优裕，婚后与赵明诚共同致力于书画金石的整理，编写了《金石录》。金兵入据中原，

山东济南章丘区李清照纪念馆里的李清照铜像（新华社提供，张鲁成拍摄）

清照举家南逃。后明诚病故，清照孑然一身，漂泊各地。

李清照工诗能文，更擅长词。前期的词多写自然风光和离别相思。如〔如梦令〕二首，活泼秀丽，语新意隽；〔凤凰台上忆吹箫〕〔一剪梅〕〔醉花阴〕等词，婉转曲折，清俊疏朗。南渡后的词主要是抒发伤时念旧和怀乡悼亡的情感，充满了凄凉、低沉之音。如〔武陵春〕〔声声慢〕都表达了自己难以克制、无法形容的哀愁。李词语言优美、精巧，却不雕琢，被称为易安体，从南宋起就不断有人学习和效仿。

辛弃疾

（1140～1207）

中国宋代词人。字幼安，别号稼轩居士。历城（今山东济南）人。出生时中原已为金兵占领。曾率众参加抗金起义军。绍兴三十二年（1162）归南宋，任江阴签判。先后两次上疏，经论世事，但其意见不被采纳。历任江西提点刑狱及湖北、江西、湖南安抚使等职。淳熙八年（1181）因改革整顿举措被革职。嘉泰三年（1203）起知绍兴府兼浙东安抚使。两年后去职。

辛弃疾兼擅诗文词，而以词的成就最高。他经常用词抒写激昂排宕、不可一世的气概和壮志难酬、仕途多艰的烦恼，他的词慷慨激昂，纵横驰骋，继承并发展了苏轼开创的豪放词风。代表作有《菩萨蛮·书江西造口壁》《破阵子·醉里挑灯看剑》《水龙吟·登建康赏心亭》《永遇乐·京口北固亭怀古》等。有些咏闲适生活和农村风物的词作也清新明丽，活泼有致。他在艺术上的造诣，使其词形成独特风格的稼轩体。

辛稼轩纪念祠

元曲

中国元代杂剧、南戏、散曲的通称。元代是戏剧艺术走向成熟的时期，元曲的成就代表了当时文学的最高水平。

由于宋金对峙，南北阻隔，杂剧和南戏分别在北方和南方臻于成熟。北方戏剧圈以大都（今北京）为中心，包括长江以北的大部分地区；南方戏剧圈以杭州为中心，包括温州、扬州乃至江西、福建等地区。当时呈现出杂剧、南戏两个剧种相互辉映的局面。杂剧和南戏都包括曲词、宾白、科介三个部分，但体制有所不同：杂剧一般一本四折，一折采用一个宫调，不相重复，角色分末、旦、净三类，全剧只能由正末或正旦一人主唱；南戏由若干出组成，出数不定，曲词宫调亦没有规定，角色分为生、旦、外、贴、丑、净、末，均可歌唱，还可对唱、合唱等。二者在唱腔上亦有明显区别。杂剧和南戏都可归入叙事文学的范畴。

散曲是作家纯以曲体抒情而与科白情节毫无联系的独立文体，属于古代诗歌的艺术范畴。散曲作为诗歌的特性主要

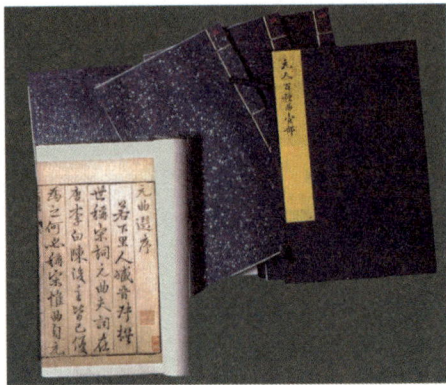

《元曲选》书影（明万历刻本）

表现在语言方面，既注重格律，又具有口语自由灵活的特点，往往呈现出口语化的状态。散曲多用于宴会歌伎唱词，艳曲较多。

关汉卿

（约1230～约1300）

中国元代戏曲作家。古代戏曲创作的代表人物。号已斋叟。大都（今北京）人。据零星记载，他曾是太医院尹。

关汉卿是元代前期杂剧界的领袖人物，被后人列为"元曲四大家"之首。他不仅编写了多达数十部的杂剧作品，而且亲自参加舞台演出。代表作

有《窦娥冤》《救风尘》《望江亭》《拜月亭》《鲁斋郎》《调风月》《单刀会》等。关剧取材于民间传说、历史故事和现实生活，真实地反映了元代的阶级矛盾和社会风貌。关剧把塑造正面主人公放在首要地位，塑造了

关汉卿

众多鲜明的人物形象；在处理戏剧冲突方面，善于提炼激动人心的戏剧情节；戏曲语言既本色又当行。

关汉卿也是一位散曲作家，《南吕·一枝花·不伏老》是元代散曲中不可多得的名篇。有小令五十余首。

明清小说

明清是中国小说史上的繁荣时期。从明代始，小说这种文学形式充分显示其社会功能和文学价值，在文学史上取得与唐诗、宋词、元曲并列的地位。清代则是中国古典小说盛极而衰并向近现代小说转变的时期。

明代的长篇小说按题材和思想内容可概分为讲史小说、神魔小说、世情小说和公案小说四类，代表性作品有罗贯中的《三国演义》、施耐庵的《水浒传》、吴承恩的《西游记》、兰陵笑笑生的《金瓶梅》等。此外，熊大木的《北宋志传》、郭勋的《皇明英烈传》、许仲琳（或曰陆长庚）的《封神演义》、董说的《西游补》等，均在中国文学史上占据一定地位。公案小说较著名的有李春芳的《海刚峰先生居官公案传》、无名氏的《包孝肃公百家公案演义》、余象斗的《皇明诸司公案》等，但多追求情节离奇曲折，艺术上较粗糙，

多夹杂迷信描写，并宣传封建伦理道德观念。白话短篇小说成就较高的有"三言两拍"，即冯梦龙辑纂的《古今小说》（《喻世明言》）、《警世通言》和《醒世恒言》与凌濛初编著的拟话本集《初刻拍案惊奇》《二刻拍案惊奇》。此外，拟话本集还有《石点头》《醉醒石》《西湖二集》等十多种。

　　清初至乾隆时期是小说发展的全盛时期，数量和质量、内容和形式、风格和流派与前代相比都有较大发展。清代小说基本由文人创作，作品多取材于现实生活，较充分地体现了作者个人的意愿，在结构、叙述和描写人物等方面也多臻于成熟的境界。蒲松龄的《聊斋志异》和曹雪芹的《红楼梦》，成书于康熙、乾隆年间，分别把文言小说和白话小说的创作推向顶峰。除《红楼梦》外，

《聊斋志异图》册页之一（清人绘）

比较著名的长篇小说还有《儒林外史》《醒世姻缘传》《绿野仙踪》《隋唐演义》《说岳全传》《女仙外史》《镜花缘》《雷峰塔传奇》等。话本小说有《五色石》等。李渔的《无声戏》《十二楼》则是白话短篇小说艺术成就的代表。

《三国演义》

　　中国长篇历史演义小说。又名《三国志通俗演义》《三国志演义》。120回。元末明初罗贯中撰。在长期的民间传

说与民间艺人、下层文人创作的基础上，大量吸收晋陈寿的《三国志》和南朝宋裴松之注的材料创作而成。罗贯中，名本，字贯中，号湖海散人，生卒年不详，祖籍太原，生于杭州。

《三国演义》以宏大的结构描写了三国时期尖锐复杂的政治军事斗争，揭露了封建统治者的残暴行径，寄托了人民渴求政治清明、社会安定的愿望，表现了群众理想中的重义

《英雄谱》插图"曹孟德许田射鹿"（明崇祯刻本）

守信、平等互助的人与人的关系。它善于运用传神笔法去刻画人物的思想性格，尤其擅长描写战争。《三国演义》对后世影响深远，长期以来起着历史教科书、军事教科书和生活教科书的作用。

《水浒传》

中国明代长篇小说。又名《忠义水浒传》。一般认为是元末明初施耐庵著。取材于北宋末年宋江起义的故事。在民间传说、话本、杂剧中水浒故事的基础上再创作而成。施耐庵生平不详。

《水浒传》以封建社会的农民起义为题材，真实地反映了它的产生、发展和失败的过程，揭露了封建社会的黑暗和统治阶级的罪恶，写出了"官逼民反""乱由上作"的历史真实。小说塑造了李逵、鲁智

《英雄谱》插图"智深拳打镇关西"（明崇祯刻本）

深、武松、林冲等一系列光彩照人的英雄形象，歌颂了农民起义英雄的反抗精神。结构严谨，情节曲折，语言明快、洗练，有很高的艺术成就。

《水浒传》的版本有简本、繁本两个系统。较流行的是70回、100回、120回的繁本。

《西游记》

中国明代长篇小说。吴承恩著。100回。根据民间流传的唐僧取经故事，参考话本、杂剧和有关神话传说写成。吴承恩（约1500～约1582），字汝忠，号射阳山人，祖籍江苏涟水，生于淮安山阳（今江苏淮安）。他早年屡试不中，中年以后当过长兴县丞、荆府纪善，晚年归居乡里。

《西游记》写神猴孙悟空大闹天宫后和猪八戒等保护唐僧去西天取经，一路降妖伏魔，历经八十一难，终成正果。通过神话的形式，表现了丰富的社会内容，曲折地反映了现实的社会矛盾，表达了人民群众惩恶扬善的愿望和要求。把神

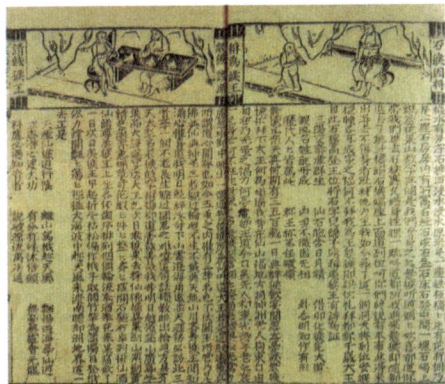

《西游记》书影（百回插图本）

性、人性、物性巧妙熔铸在一起，塑造出众多神魔形象。情节奇幻曲折，语言生动流畅、妙趣横生。

《西游记》在中国小说史上占有重要地位，是中国家喻户晓的古典小说名著。明清两代出现了多部续作、补作《西游记》的小说。

《红楼梦》

中国清代长篇小说。一名《石头记》。作者曹雪芹。曹雪芹（1715～1763），名霑，字梦阮，号雪芹，祖籍辽阳。先世原是汉族，后为满洲正白旗"包衣"。自曾祖始，祖孙三代四人担任江宁织造达60年之久。雍正初年，因统治阶级内部政治斗争的牵连，曹家遭受一系列打击，从此衰落。

《红楼梦》以贾宝玉、林黛玉、薛宝钗之间的爱情与婚

《红楼梦》插图"宝玉游太虚幻境"（清乾隆五十六年程甲本）

姻悲剧为主线，描写了以贾家为代表的四大家族的兴衰，展示了极其广阔的封建社会的典型生活环境，曲折地反映出进入末期的中国封建社会必然崩溃、没落的历史趋势。作者塑造了众多个性鲜明、内涵丰富的人物形象。情节缜密，细节真实，语言优美。以其内涵的丰厚和艺术的精湛成为中国古代小说的巅峰之作和中华文化的优秀代表之一。

全书 120 回。曹雪芹只写完前 80 回，今通行本后 40 回一般认为系高鹗所续。清代后期还有许多续《红楼梦》的作品，但多为续貂之作。

龚自珍

（1792-08-22 ～ 1841-09-26）

中国清代思想家、文学家。字璱人，号定盦。浙江仁和（今杭州）人。嘉庆二十三年（1818）中举。二十五年开始入仕，为内阁中书。道光九年（1829）中进士。历任宗人府主事、礼部祠祭司行走等职。十九年辞官南归。

龚自珍是近代资产阶级改良主义的启蒙思想家，主张"经世致用"。他的文学创作，表现出前所未有的新特点。他认为文学必须有用。龚诗总是着眼于现实政治、社会形势，抒发感慨，纵横议论，主要内容

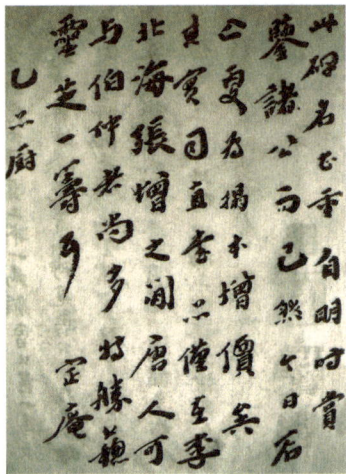

龚自珍手迹

是"伤时""骂坐"，代表作有《咏史》《己亥杂诗》等。龚文以政论文为重点，另有讽刺性的寓言小品，代表作有《乙丙之际箸议》《明良论》《病梅馆记》等。表现方法一般很简单，而简括中又有铺叙夸张；语言活泼多样。龚文开创了古文或散文的新风气。

鲁迅

（1881-09-25 ～ 1936-10-19）

中国文学家、思想家，中国现代文学的奠基人。原名周樟寿，后改名周树人，字豫才。

浙江绍兴人。1898年入江南水师学堂，次年改入江南陆师学堂附设的矿务铁路学堂。1902年赴日本留学。1904年到仙台医学专门学校学医。后弃医习文。1909年回国。先后在杭州、绍兴任教，到中华民国临时政府教育部工作，在厦门大学、中山大学等校任教。

鲁迅

教。曾参加《新青年》《莽原》《语丝》等的编辑工作。1930年发起并参加中国自由运动大同盟、中国左翼作家联盟。

鲁迅于1918年发表的《狂人日记》，为中国新文学第一篇白话小说。《阿Q正传》是其小说的代表作，以辛亥革命前后的未庄农村为背景，塑造了阿Q这个不朽的典型形象。短篇小说集《呐喊》和《彷徨》是中国现代小说的成熟之作，"显示了文学革命的实绩"。鲁迅的小说显示出一种冷峻而深切的风格特征，是中国现实主义文学的一座高峰。鲁迅的散文结集为《野草》和《朝花夕拾》。前者开创了一种独语体的散文风格，后者开创了一种闲话风的散文风格。鲁迅还是中国现代杂文的开拓者，著有《三闲集》《二心集》《南腔北调集》《伪自由书》等杂文集。他的杂文是政论性与形象性相统一的精品。他还翻译了大量外国文学作品，研究整理古典文学作品。鲁迅以在文学方面的理论倡导和创作实绩奠定了中国现代文学的基石。

巴金

（1904-11-25 ～ 2005-10-17）

中国小说家、散文家、翻译家、社会活动家。原名李尧棠，字芾甘。四川成都人。1923年到南京、上海求学。1927年赴法国留学。1928年底回国。先后参与《文学季刊》《收获》等的编辑出版工作，任文化生活出版社、平明出版社总编辑。1984年起担任中国作家协会主席。2003年，中国国务院授予他"人民作家"荣誉称号。

巴金的主要作品包括长篇小说《爱情的三部曲》（《雾》《雨》《电》）、《激流三部曲》（《家》《春》《秋》）、《寒夜》，中篇小说《憩园》，以及散文集《随想录》等。其中《家》是巴金的主要代表作。《家》通过一个大家庭的没落和分化，真实地写出了封建宗法制度的

巴金（新华社提供，柳中央拍摄）

崩溃和革命潮流在青年一代中的激荡，对当时的青年读者影响极大。《寒夜》把社会批判与人性探索相结合，是巴金的又一部重要代表作。《随想录》中的《怀念萧珊》是脍炙人口的散文名篇。译作主要有长篇小说《父与子》《处女地》。

老舍

（1899-02-03 ～ 1966-08-24）

中国小说家、剧作家。满族。原名舒庆春，字舍予。北京人。1918年从北京师范学校毕业。1924年去英国，任伦敦大学东方学院汉语讲师。1930年回国后，相继到齐鲁大学、山东大学任教。全面抗战期间，领导中华全国文艺界抗敌协会。从20世纪50年代初起，历任中国文学艺术界联合会副主席、中国作家协会副主席等职。获"人民艺术家"称号。"文

老舍

化大革命"初期因不堪凌辱而自杀。

老舍先以长篇小说著称，后以剧作闻名。老舍的小说语言生动幽默，富有浓郁的地方特色。长篇小说主要有《骆驼祥子》《离婚》《四世同堂》《猫城记》《正红旗下》等。其中《骆驼祥子》是老舍的主要代表作，奠定了老舍在中国现代文学史上的重要地位。作品叙述了年轻好强、充满生命活力的人力车夫祥子，希望以个人奋斗改善自己的生存处境，但终于失败的故事。剧作主要有《龙须沟》《西望长安》《茶馆》等。其中《茶馆》代表老舍剧作的最高成就，是当代中国话剧舞台上最优秀的剧作之一。

茅盾

（1896-07-04 ～ 1981-03-27）

中国作家、批评家、社会活动家。原名沈德鸿，字雁冰。浙江桐乡人。1913年考入北京大学预科。1916年到上海商务印书馆工作。1921年发起成立文学研究会。先后在上海大学、中央军事政治学校武汉分校、新疆学院任教，担任《小说月报》《民国日报》《文艺阵地》等的主编。1949年后，历任文化部部长、《人民文学》主编等职。

茅盾为中国现代文学中长篇小说的成熟和发展做出了重大贡献。他的小说追求展示社会生活全貌，反映时代风云变幻。代表作长篇小说《子夜》，

茅盾

描写民族资产阶级的典型吴荪甫和买办金融家赵伯韬的明争暗斗，真实地反映了20世纪30年代中国民族资本家的生活历程。《子夜》开中国现代社会剖析小说之先河，出版后引起很大的社会反响。另有《蚀》三部曲（《幻灭》《动摇》《追求》）和《霜叶红似二月花》《虹》《林家铺子》《春蚕》等名篇。

钱钟书

（1910-11-21 ～ 1998-12-19）

　　中国作家、学者。字默存，号槐聚。江苏无锡人。1933年毕业于清华大学外国语文系。

1935年赴英国，入牛津大学学习。后到巴黎大学进修。1938年回国后，任西南联合大学教授、中央图书馆外文部总编纂、清华大学教授等职。1953年起，历任中国科学院文学研究所研究员、中国社会科学院副院长。

　　钱钟书著有长篇小说《围城》，短篇小说集《人·兽·鬼》，散文集《写在人生边上》，学术著作《谈艺录》《管锥编》等。其中《围城》描绘了抗战期间中上层知识分子的众生相，包含了现代人对自己生命处境的哲理思考。作品旁支斜出的叙述风格，诡奇、机智、聪睿、富有知识容量的语言，妙趣横

钱钟书与妻子杨绛（新华社提供）

生的比喻，尤其是信手拈来的典故，使它得以成为独树一帜的"学人小说"。《谈艺录》是中国最早的丰富而详赡的中西比较诗论。《管锥编》富有辨伪和辩证的精神，融广博的知识和精卓的见解于一体。另有《宋诗选注》有较大影响。

张爱玲

（1920-09-30 ～ 1995-09-08）

　　中国女作家、散文家。原名张煐，笔名梁京。生于上海，家世显赫。1938 年考取伦敦大学，因战事改入香港大学。因太平洋战争爆发，学业中断。1942 年回沪，以英文给《泰晤士报》写剧评、影评。1951 年入香港大学继续学业。当年 11 月自动离校，供职于香港美国新闻署。1955 年赴美国，之后潜心于考据《红楼梦》《海上花列传》。

张爱玲

　　张爱玲是上海沦陷期著名的女作家，著有小说《倾城之恋》《金锁记》《红玫瑰与白玫瑰》《半生缘》等。她以对人性的深刻洞悉感受生命的虚无，以平凡和世俗解构英雄神话、超人神话；她的小说雅俗融合，深度心理开掘与传统叙事套路相交织，具有相当高的艺术成就。代表作《金锁记》以对女性人性的深刻洞悉塑造了一个变态母亲的形象，成为中国现代文学史上的名篇。另写有评论集《红楼梦魇》。

丁玲

（1904-10-12 ～ 1986-03-04）

中国女作家。原名蒋伟，字冰之。湖南临澧人。1922年入上海大学学习。1932年后主编中国左翼作家联盟机关刊物《北斗》。1933年被国民党特务秘密绑架。1936年到达陕北后，任中国文艺协会主任、《解放日报》文艺副刊主编等职。1949年后，历任《文艺报》主编、中央文学研究所所长、《人民文学》主编、中国作家协会副主席等职。

丁玲是中国现代文学史上创作活动时间长、影响大的女作家之一。主要创作有《莎菲女士的日记》《韦护》《水》《我在霞村的时候》《在医院中》《太阳照在桑干河上》等小说。其中长篇小说《太阳照在桑干河上》为其代表作。作品通过错综复杂的阶级斗争和社会关系的变化，比较深刻地揭示了土改运动所带来的翻天覆地的变化。该作品出版后得到高度评价，1951年获斯大林文学奖二等奖，并被译成多种文字。晚年创办并主编《中国》杂志。

丁玲

赵树理

（1906-09-24 ～ 1970-09-23）

中国作家、戏曲作家。原名树礼。山西沁水人。1925年考入山西省立第四师范学校。1928年因逃避国民党的搜捕潜回家乡，1929年被捕，1930年获释。先后参加《黄河日报》《抗战生活》《中国人》《新大众》

赵树理

等的编辑工作。1965 年到山西省文学艺术界联合会工作。曾任中国曲艺工作者协会主席。

赵树理是当代文学流派山药蛋派的主要代表人物。他在文学创作的大众化、民族化方面有重大贡献，对于现代农村题材小说的创作产生了深刻的影响。他的小说多以晋东南农村为背景，具有浓厚的地方色彩。主要作品有短篇小说《小二黑结婚》，中篇小说《李有才板话》，长篇小说《李家庄的变迁》《三里湾》，以及评书《灵泉洞》等。代表作《小二黑结婚》，讲述解放区新一代青年男女自由恋爱的故事，揭示了农村中封建残余对人们道德观念的束缚，以及新老两代人的意识冲突与变迁。《李有才板话》被誉为"反映农村斗争的最杰出的作品"。

郭沫若

（1892-11-16 ～ 1978-06-12）

中国历史学家、文学家、考古学家、诗人、社会活动家。原名开贞。祖籍福建汀州，生于四川乐山。1914 年赴日本留学。1921 年与郁达夫等发起成立创造社。1923 年毕业于九州帝国大学医科。曾参加北伐战争、南昌起义。1928 年起旅居日本。1937 年回国后，历任《救亡日报》社长、国民政府军事委员会政治部第三厅厅长等职。1949 年后，历任中央人民政府政务院副总理兼文化教育委员会主任、中国科学院院长、中国科技大学校长等职。

郭沫若

郭沫若以新诗和历史剧创作对中国新文学的发展做出了创造性贡献。主要作品有诗集《女神》《星空》，剧作《屈原》《棠棣之花》《虎符》《蔡文姬》等。《女神》以崭新的思想内容、豪放的自由诗体和浪漫主义的艺术风格，成为中国新诗的奠基之作。《屈原》气势磅礴，充满爱国主义精神和浪漫主义色彩，被公认为郭沫若历史剧中成就最高、影响最大的一部。另有专著《中国古代社会研究》《甲骨文字研究》等。其中《中国古代社会研究》是现代中国史学研究的代表作。

冰心

（1900-10-05 ～ 1999-02-28）

中国作家、诗人、儿童文学作家。原名谢婉莹。原籍福建长乐，生于福州。1921年考入燕京大学文科。1923年毕业后赴美国，入韦尔斯利学院学习。1926年获硕士学位后回国，先后在燕京大学、清华大学和北平女子文理学院任教。曾担任国民参政会参政员。1946年赴日本，1951年回国。曾任中国文学艺术界联合会副主席。

冰心的散文比她的小说和诗歌有更高的成就。她的独特艺术风格在当时被称为冰心

冰心（新华社提供，刘建国拍摄）

体。主要作品有散文《笑》《往事》《寄小读者》《小橘灯》，小说《超人》《烦闷》《空巢》，诗集《繁星》《春水》等。《笑》委婉地抒写了洋溢在心中的对于生活的爱，被认为是新文学运动时期一篇具有典范意义的美文。《寄小读者》是中国现代最早的儿童文学作品。《繁星》和《春水》抒写作者对自然景物的感受和人生哲理的思索，文笔清丽，意蕴隽永，别具一格。

闻一多

（1899-11-24 ～ 1946-07-15）

中国诗人、文史学者。家族排行名家骅，原名亦多，字友三。生于湖北浠水。1912 年考取清华学校。1922 年毕业后赴美国留学，1925 年学成归国。先后在国立第四中山大学、国立武汉大学、青岛大学、清华大学、西南联合大学等校执教，参与创办《新月》杂志。1946 年 7 月 15 日在李公朴公悼大会上讲演，归途遭国民党特务狙击杀害。

闻一多

闻一多是前期新月派代表及新诗格律化理论的奠基者和积极倡导者。他的诗开创了格律体的新诗流派，影响了不少后起的诗人。作品主要有诗集《红烛》《死水》等。其中代表作《死水》收入《死水》《发现》《祈祷》《口供》等诗作 28 首，充分体现了他的爱国热情、艺术理想和新诗格律化理念。

他广泛研究了中国的文化遗产，写有《神话与诗》《唐诗杂论》《古典新义》《楚辞校补》等专著。其学术研究体系博大，善于建构，得到学术界的高度评价。

徐志摩

（1897-01-15 ～ 1931-11-19）

中国诗人、散文家。名章垿，字志摩。浙江海宁人。1916 年入北京大学法科。1918 年赴美国学习银行学。1921 年春到英国剑桥大学学习。1922 年回国。参与创立新月社，创办《现代评论》《新月》《诗刊》等刊物。先后在北京大学、

徐志摩

光华大学、东吴大学、大夏大学、南京中央大学、北京女子大学等校执教。1931 年 11 月，因飞机失事遇难。

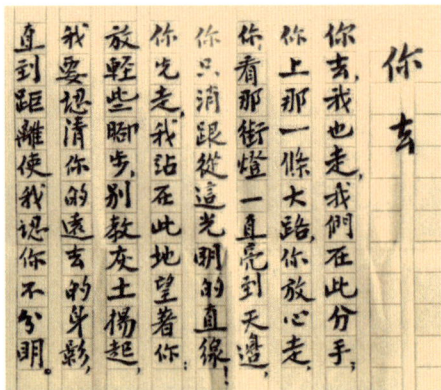

徐志摩手迹《你去》

徐志摩是新月派的主要代表人物，推动了新诗的规范化和格律化。诗集有《志摩的诗》《翡冷翠的一夜》《猛虎集》《云游集》。代表作《偶然》《再别康桥》，语言自然、纯熟，独具清莹流丽的情致。他的散文成就可与诗歌比美，散文集有《落叶》《自剖》《巴黎的鳞爪》《秋》等。其中《自剖》《想飞》《我所知道的康桥》《翡冷翠山居闲话》都是久经传诵

的名篇。

臧克家

（1905-10-08 ～ 2004-02-05）

中国诗人。山东诸城人。1927 年入中央军事政治学校武汉分校，曾参与北伐。1930 ～ 1934 年，在国立青岛大学（后改为国立山东大学）读书。毕业后到山东临清中学任教。全面抗战爆发后，奔赴前线。1942 年秋，到重庆参加中华全国文艺界抗敌协会的活动。1949 年后，历任华北大学文艺学院研究员、《诗刊》主编等职。

他的诗兼有中国诗歌会和新月派二者的长处，在坚持关注现实的同时，讲究诗歌形式的整齐、语言的凝练和格律的严谨。主要作品有诗集《烙印》《罪恶的黑手》《运河》《从军行》《泥土的歌》等。代表作《老马》《难民》写出了下层人民忍辱负重的悲苦生

臧克家

活，让人在咀嚼和回味中体会到诗人深沉的感情。名篇《有的人——纪念鲁迅有感》将生与死作为人生价值叩问的两极，揭示了人之生命的社会历史意义，凝练而蕴藉有力。

艾青

（1910-03-27 ～ 1996-05-05）

中国诗人。原名蒋正涵，号海澄。浙江金华人。1928 年考入杭州国立艺术院绘画系，翌年赴法国求学。1932 年回国。不久遭国民党密探逮捕入狱，被诬控为颠覆政府。1935 年被释出狱。全面抗战时期，到武汉、

艾青

临汾等地参加抗日救亡运动。
1941 年赴延安，主编《诗刊》。
后任华北联合大学文艺学院副
院长。1949 年后，历任《人民
文学》副主编、中国作家协会
副主席等职。

艾青是继郭沫若、闻一多
等人之后推动一代诗风的重要
诗人。他的诗是自由体诗的一
座高峰。主要作品有诗集《大
堰河》《向太阳》《北方》《火
把》《归来的歌》《雪莲》等。
代表作《大堰河——我的保姆》
以真挚虔诚的赤子之心为大
堰河的凄苦命运抒发悲愤和不
平，表达了诗人对中国广大农
民遭际的同情与关切。另有名

篇《我爱这土地》《向太阳》《火
把》。他提出了一系列关于诗
的见解，写了论文集《诗论》
及其他论文。

朱自清

（1898-11-22 ～ 1948-08-12）

中国散文家、诗人、学者。
原名自华，号秋实，字佩弦。
祖籍浙江绍兴，生于江苏东海。
1917 年进入北京大学哲学系，
1920 年修完课程提前毕业。后
在浙江、江苏等地任中学教员。
1931 ～ 1932 年，去英国访学
一年。全面抗战期间，任西南
联合大学中文系主任。抗战胜
利后，任清华大学中文系主任。

朱自清的作品主要有散文
集《背影》《你我》《欧游杂记》
《伦敦杂记》，诗歌散文集《踪
迹》，旧体诗集《犹贤博弈斋
诗钞》等。他的散文以娴熟高
超的技巧和缜密细致的风格，

朱自清

显示了新文学的艺术生命力。《荷塘月色》《绿》《桨声灯影里的秦淮河》《背影》皆为现代散文名篇，至今传诵不衰。它们感情真挚，简朴平易，极富韵致。他的诗在思想和艺术上呈现出一种纯正朴实的新鲜作风。长诗《毁灭》被誉为"当代之《离骚》"。另有评论集《经典常谈》《诗言志辨》等。

陈忠实

（1942-08-03 ～ 2016-04-29）

中国作家。陕西西安人。1962 年中学毕业后回乡，先后在西安郊区中小学任教。1968 年到毛西公社任革委会副主任。1978 年后，先后任西安市郊区文化馆副馆长、灞桥区文化局副局长。1982 年 11 月起专事写作。历任陕西省作家协会主席、中国作家协会副主席等职。

陈忠实的小说写关中的历史和现实，描绘当地农民的爱情和痛苦，形成了朴素自然、厚实凝重的风格，富于历史沧桑感。主要作品有长篇小说《白鹿原》，中篇小说集《初夏》《四妹子》，短篇小说集《乡村》《到老白杨树背后去》，散文集《告别白鸽》等。代表作《白鹿原》，通过对"仁义白鹿村"兴衰的刻画，表现了 20 世纪上半叶的历史变迁、关中大地民情风俗的嬗变，获第四届茅盾文学奖。

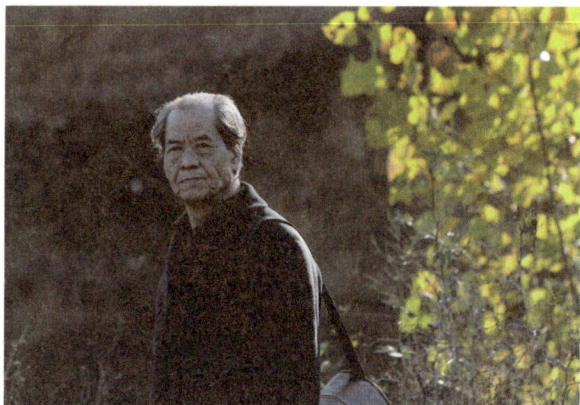

陈忠实（新华社提供，尚洪涛拍摄）

莫言

（1955-02-17 ～   ）

中国作家。本名管谟业。山东高密人。1976 年加入中国人民解放军。1984 ～ 1986 年就读于解放军艺术学院文学系。1989 ～ 1991 年就读于北京师范大学文学研究生班，获文学硕士学位。1997 年从部队转业，到《检察日报》工作。2007 年调入中国艺术研究院。现任中国作家协会副主席。2012 年获诺贝尔文学奖。

莫言的作品往往把幻觉与现实糅合在一起，叙事带有叙事人的主观感受，同时打破情节之间的线性关系，造成电影"蒙太奇"式的时空交错效果，恣肆汪洋，诡谲奇异。主要作品有长篇小说《红高粱家族》《丰乳肥臀》《檀香刑》《生死疲劳》《蛙》，中篇小说《透明的红萝卜》《欢乐》，短篇小说集《白狗

莫言（新华社提供，武巍拍摄）

秋千架》，散文集《会唱歌的墙》等。代表作《蛙》，以一个乡村妇科医生万心的人生经历及晚年忏悔，讲述计划生育带给千家万户的巨大影响和命运改变，获第八届茅盾文学奖。

台湾文学

中国文学在台湾地区延伸、发展的一个重要组成部分。台湾自古就与祖国大陆有着密切关系。17 世纪以后，有大量闽粤人移居台湾，带去了中原文化，使衍生于台湾的文学奠立在中华文化传统之上。

1661 年，郑成功率军光复台湾，建立反清复明政权。被尊为"海东文献初祖"的沈光文与郑氏父子及随同来台的文人写下了大量诗文，从无到有地为台湾文学奠基。清统一台湾后，选派内地官员赴台任职，还派内地文人赴台担任教职、游历等，进一步繁荣了初兴的台湾文坛。随着台湾社会的发展，台湾本土的知识分子逐渐占据文坛的主导地位。从清乾隆年间最早出现的陈辉、卓肇昌、章甫，到稍后的黄清泰、陈思敬、曾曰唯、蔡廷兰，以及声名卓著的陈维英、徐宗干、施琼芳、郑用锡、林占梅、施士洁等，人才辈出。清末，更以丘逢甲、洪弃生、连雅堂为典范，把台湾文学推向高峰。

1895 年甲午战败以后，台湾文学进入曲折发展期。20 世纪 20 年代，新文化运动在祖国大陆兴起，立即在台湾得到响应。以赖和为代表的一批新文学作家，从 1922 年开始发表白话文作品。赖和更被尊为"台湾新文学之父"。30 年代，台湾新文学进入繁盛发展期。一批较为成熟的作家相继登上文坛，其中尤以杨逵为杰出代表。随着日本全面侵华战争爆发，台湾文学走入沉寂期。这一时期，吴浊流的长篇小说《亚细亚的孤儿》及其他中短篇作品，成为台湾新文学的里程碑。

1945 年 8 月抗日战争胜利，一批内地作家和学者热情赴台，如丁西林、台静农、许寿裳、李霁野、黎烈文、魏建功、李何林、袁珂、雷石榆、何欣、纪弦、覃子豪等；一些在日本侵占时期旅居大陆的台湾地区作家如洪炎秋、张我军、王诗琅、钟理和、林海音等也回到台湾。而在岛内，复出的作家如吴浊流、杨逵等发表了一批重要作品。

1949 年国民党政府从大陆撤迁台湾，台湾文学再次出现重大转折。"五四"以来的新文学传统在台湾出现断层。触及现实的作品少了，而以女作家为主，描写乡愁、闺怨和传统反封建主题的作品，以及满足市场需要的言情、武侠小说却异军突起。50 ~ 60 年代，台湾现代主义文学思潮兴起。现代主义从诗和绘画发端，迅速延及小说、戏剧、音乐、舞蹈等文学艺术门类。以纪弦为代表的现代诗社，以覃子豪、余光中为代表的蓝星诗社，以洛夫、张默等为代表的创世纪诗社，以及白先勇与其同学创办的《现代文学》等，起了推波助澜的作用。50 年代赴美的聂华苓、於梨华等，也以在海外创作而流行于台湾的小说汇

入这一风潮。与此同时，乡土文学重新崛起。60 年代中期，台湾地区作家聚集在笠诗社和《台湾文学》周围，日益成熟壮大，出现了如钟理和、钟肇政、陈映真、黄春明、王祯和等一批重要作家。

进入 80 年代，台湾文学进一步呈现出多元发展的态势。现代主义文学在反思中吸收中国传统文化，为中国现代诗重新定位。洛夫以传统的诗禅沟通西方超现实主义，余光中以新古典主义实现现代诗的中国化，是 50 ~ 60 年代诗人回归传统的代表。而年轻一代诗人张扬后现代主义，拓展了新的艺术空间。本土作家出现分化。以陈映真为代表的作家，以《人间》杂志和人间出版社为阵地，为两岸统一和文学的重新整合秉笔直书、奔走呼吁；而以叶石涛为代表的另一部分台湾地

区作家，实际上成为"台独"思潮在文学上的代表。这一时期，一批原住民作家的涌现，为台湾文学比较单一的汉族文化增添了新的基因。自20世纪50年代以来就拥有旺盛生命力的通俗小说，无论是古龙的武侠、琼瑶的言情，还是高阳的历史小说，都持续畅销到90年代。

余光中

（1928-10-21 ~ 2017-12-14）

　　中国台湾诗人、散文家。祖籍福建永春，生于南京。1947年入金陵大学外文系，1948年转入厦门大学。1950年

余光中（新华社提供，郝同前拍摄）

到台湾。1952年从台湾大学外文系毕业。1954年参与创办蓝星诗社。后在台湾师范大学、台湾政治大学等校执教。其间两度赴美进修讲学。1974年任香港中文大学中文系教授。1985年返台，任台湾中山大学文学院院长。

　　余光中主要作品有诗集《莲的联想》《白玉苦瓜》，散文集《听听那冷雨》《记忆像铁轨一样长》，评论集《分水岭上》等。余光中的诗题材广泛，构思奇巧，字句凝练，主题隐伏，受西方现代诗影响很深，在台湾和海内外都有影响。代表作《白玉苦瓜》，将纵的历史感、横的地域感相融合，将文化外在形式与民族的传统相融合，表达了诗人的人生感悟和历史感悟。语言平易明朗，贴近生活，追求民歌的韵味和节律。诗作《乡愁》等

被收录于大陆及港台语文课本，流传广泛。

古龙

（1938-06-07 ～ 1985-09-21）

中国台湾武侠小说家。本名熊耀华。祖籍江西，生于香港。1950 年随父母赴台湾。1954 年进入成功中学高中部。1955 年开始职业写作生涯。

古龙被视为港台新派武侠小说的代表作家之一。他的武侠小说有意抹去具体历史朝代的背景，注重人的情欲等真实人性的描写，多塑造变态怪异或亦正亦邪、孤寂而又多情的人物。作品有时融入侦探小说技法，句式简短利落，颇具"现代"风格。一生作品达百部以上，拥有众多读者。主要作品有《浣花洗剑录》《武林外史》《绝代双骄》《多情剑客无情剑》《欢乐英雄》，以及"楚留香传奇"系列和"陆小凤传奇"系列等。

不少作品被搬上银屏。

香港文学

香港文学大致可以 20 世纪 60 年代为界划分为两个时期。20 世纪 60 年代以前，香港文学与中国文学处于一体化的关系之中。20 世纪 20 年代末开始的香港新文学运动，也是受中国新文学运动影响的结果。香港早期新文学成就较高的是侣伦，他的代表性作品有《黑丽拉》《无尽的爱》《穷巷》等。30 年代末至 40 年代，内地文化人南下香港，创作了很多优秀作品，如茅盾的《腐蚀》、张天翼的《华威先生》、戴望舒的《狱中题壁》、许地山的《铁鱼的鳃》等，香港此时成为中国现代文学的一个主要阵地。50 年代，香港文坛盛行由美元支撑的反共的"绿背文学"，较为有名的是张爱玲的《秧歌》和《赤地之恋》。

大致从 20 世纪 60 年代开始，香港文学开始显示出本土特性，形成自己的文化身份。以舒巷城、海辛为代表的乡土文学，抒发的是对城市化进程中被逐渐削减的乡土及附着其上的传统道德观念的留恋和哀叹。以刘以鬯等人为代表的现代主义文学，表现的是在商业主义进程中知识者的生存及其思想困境。通俗小说则在城市化、商业化进程中如鱼得水。50 年代以来，香港通俗小说得以高度发展。其中最有成就的是金庸、梁羽生的新派武侠小说。言情小说则以亦舒较能代表香港特色，也最具影响。70 年代，本土港人的崛起令香港文学出现新的面貌。西西、也斯等人的创作一方面起源于对香港本土身份的关注，另一方面则已显示出香港文学的都市化特征。80～90 年代，施叔青、钟晓阳、李碧华等人的创作，对香港城市的故事已有许多深入的展开与探讨。施叔青"香港的故事"系列小说，对于香港上流社会形态与价值的表现值得注意。钟晓阳以《赵宁静的传奇》名震台港文坛，李碧华则以《胭脂扣》引发香港的"怀旧"之风。"九七"回归成为香港人心头一个挥之不去的情结。在"九七"文学中，黄碧云小说的表现尤其酣畅淋漓。而世纪末施叔青的《香港三部曲》的诞生，显示了她为香港百年历史做总结的雄心。诗歌方面，较值得注意的是 50 年代中期以《诗朵》和《文艺新潮》为代表的现代诗运动，主要诗人有马朗、昆南、叶维廉、李英豪等。这一现代诗潮后为 70～80 年代的羁魂、西西、也斯、洛枫等人所继承发展。

香港散文的主要生产形式是框框杂文，所谓框框杂文指的是报纸专栏。当然，香港也产生了如董桥这样的学者散文。

香港文学在中国文学中具有重要的意义，20 世纪 50 年代之后尤其如此。

金庸

（1924-03-10 ～ 2018-10-30）

中国香港武侠小说家。本名查良镛。生于浙江海宁。1944 年考入重庆国立政治大学外交系。1946 年去上海就读于东吴大学法学院。同年任上海版《大公报》国际电讯翻译。1948 年毕业后调往复刊的香港《大公报》。1952 年任《新晚报》副刊编辑。1959 年创办《明报》，1966 年创办《明报月刊》。

金庸武侠小说在思想意识上的独特之处在于他能够对传统的文化观念有所反省；在故事结构上则往往曲折错综，极

金庸（新华社提供，陶明拍摄）

具想象力，既出乎意料又合乎情理；在语言上继承了古代白话小说的叙述语言，在现代白话文学之外成就了另外一种具有传统渊源的文学形式。主要作品有《射雕英雄传》《神雕侠侣》《倚天屠龙记》《天龙八部》《笑傲江湖》《鹿鼎记》等。金庸武侠小说因其独特成就，在海外甚至成了中国文化的一种象征。

希腊神话

　　主要由神的故事和英雄传说组成。神的故事包括天地的开辟、神的产生、神的宗谱、神的活动、人类的起源等。英雄传说中有神话化了的历史事件，也有远古社会生活和人与自然斗争的故事。此外，希腊神话还包括不少解释某些自然现象的成因和某些习俗、名称起源的故事。

　　希腊神话产生于希腊的远古时代，曾长期在口头流传，是古代希腊人集体创作的艺术结晶，散见于荷马史诗、赫西奥德的《神谱》及以后的文学、历史等著作中。因而同一个神话人物的形象或故事情节，在不同的作家笔下往往会有出入，甚至有互相矛盾之处。现在常见的系统的希腊神话都是后人根据古籍编写的。

阿基琉斯

　　希腊神话与古代希腊的宗教曾经密不可分，某些希腊神

《劫夺欧罗巴》（意大利，提香）

希腊神话中的一段故事——酒神让桅
杆上长满了葡萄

《奥德修斯听海妖塞壬歌唱》（瓶画）

话往往是对有关的宗教崇拜的解释或补充。希腊神话不仅是古代希腊文学艺术的宝库和土壤，而且对古代罗马的神话和文学产生了巨大的影响。从文艺复兴时期开始，希腊神话在欧洲引起人们的广泛注意和浓厚兴趣。

《帕尔纳索斯山》（意大利，A.曼泰尼亚）

荷马

古希腊诗人。相传为古代希腊两部史诗《伊利昂纪》（一译《伊利亚特》）和《奥德修纪》（又译《奥德赛》）的作者。

最早关于荷马的记载，见于残存的公元前6世纪克塞诺芬尼的讽刺诗，但是根据希腊

地方志家鲍萨尼阿斯的记载，在公元前7世纪初的诗人卡利诺斯的诗篇里已经有关于荷马的记载，所以荷马这个名字在公元前8～前7世纪已经为人所共知。希腊历史家泰奥彭波斯认为荷马生于公元前686年。另一个古代传说称荷马生于公元前1159年，即公元前12世纪中叶。现代西方学者根据史诗的语言和它的内容描写，一般认为荷马可能生于公元前9～前8世纪。关于荷马的出生地，说法也不一致，有认为其出生于雅典一带、希腊北部、希腊东部靠近小亚细亚一带等多种说法。这些说法以东方说较为普遍，也较为可信。多数古代记载称其是希俄斯岛人，或生在小亚细亚的斯弥尔纳，这两处都在爱琴海东边。关于"荷马"这个名字，有学者认为是"人质"的意思，即荷马是俘虏出身；也有学者认为这个

名字含有"组合在一起"的意思，即因为史诗是许多散篇传说组合而成的，荷马这个名字也是附会出来的。古代传说又称荷马是个盲乐师。由于古代的职业歌手往往是盲人，所以荷马可能就是这样一位专业艺人。

《伊利昂纪》书影

荷马史诗

古代希腊史诗。包括《伊利昂纪》和《奥德修纪》两部史诗。相传为古代希腊诗人荷马所作。今天所能看到的荷马史诗的旧抄本，最早约成文于 10 世纪。两部史诗都有不少手抄本传世，但是内容都相同，它们所根据的都是公元前 3 ～前 2 世纪亚历山大里亚的几位学者的校订本。

《伊利昂纪》又译《伊利亚特》，共有 15693 行；《奥德修纪》又译《奥德赛》，共有 12110 行。两部史诗都分成 24 卷。

《伊利昂纪》取材于特洛伊战争，描写战争第十年中 51 天的事情，歌颂战争中的英雄主义精神，格调悲壮；《奥德修纪》叙述奥德修斯在特洛伊战争结束后历尽艰辛回国的故事，赞扬人的智慧和与自然顽强斗争的进取精神，格调平和。

荷马史诗上承古代爱琴海文明，下接日后雅典和亚历山大里亚时期奴隶制文化的繁荣。它既是古老的民间流传的史诗，又是艺术水平很高的文学作品。

伊索

公元前 6 世纪古希腊寓言家。弗里吉亚人。

据历史学家希罗多德记

载，他原是萨摩斯岛雅德蒙家的奴隶，后来被德尔斐人杀害。他死后德尔斐流行瘟疫，德尔斐人出钱赔偿他的性命，这笔钱被雅德蒙（老）的同名孙子领去。传说雅德蒙给他自由以后，他经常出入吕底亚国王克洛伊索斯的宫廷。另外还传说，庇士特拉妥统治期间，他曾到雅典访问，对雅典人讲述寓言《请求派王的青蛙》，劝阻他们不要用别人替换庇士特拉妥。

13世纪发现的一部《伊索传》抄本中，他被描绘得丑陋不堪，从这部传记中产生了很多有关他的故事的传说。公元前5世纪末，"伊索"这个名字已为希腊人所熟知，希腊许多寓言都开始归在他的名下。生活于公元前4～前3世纪的得墨特里奥斯编辑了希腊第一部寓言集(已佚)。1世纪和2世纪，费德鲁斯和巴布里乌斯分别用拉丁文和希腊文写成两部诗体的"伊索式寓言"。

《伊索寓言》

以公元前6世纪古代希腊寓言家伊索的名义流传的古代希腊寓言集。其中大部分可能为伊索本人或同时代的其他人所作，也包含一些此前和此后出现的寓言故事。

《伊索寓言》中《狼与小羊》插图

《伊索寓言》大多是动物故事。其中的《狼与小羊》《狮子与野驴》等，用豺狼、狮子等凶恶的动物比喻人间的权贵，揭露其专横、残暴、虐害弱小；《乌龟与兔》《牧人与野山羊》等，总结人们的生活经验，教人处世和做人的道理。《伊索寓言》形式短小精悍，比喻恰当，形象生动，为人们所喜闻乐见，因而在古代希腊流传很广，经常为人称引。

但丁

（1265-05 ～ 1321-09-14）

意大利诗人，中古至文艺复兴的过渡时期最有代表性的作家。全名但丁·阿利吉耶里。生于佛罗伦萨。出身城市小贵族。少年时勤奋自修。多才多艺，学识渊博，在中古文化的各个领域都有精深的造诣。从1295年起积极参加政治活动。自1302年始，度过了近20年的流放生活。先后在维罗纳、拉韦纳客居。

但丁是欧洲文学史上继往开来的诗人，主要文学作品有《神曲》《新生》《诗集》。代表作《神曲》是一部想象丰富、寓意深刻的作品，全面地反映了中世纪与文艺复兴交替时期的社会风貌和思想危机。《神曲》结构匀称，人物形象逼真，语言通俗，是意大利语言和文学的奠基之作。另有学术著作《飨宴》《论俗语》《帝制论》。其中《帝制论》是但丁最优秀且唯一完整的理论著作。

但丁墓

拉伯雷，F.

（约1494？ ～ 1553-04-09）

法国小说家、教育思想家。生于都兰省希农城。长大后进修道院，成为教士。后离开修道院周游法国。1530年进蒙彼利埃大学医学院学习。1532年到里昂行医。1534年和1535～1536年两度到罗马，备受意大利文艺复兴气氛的感染。1537年重返蒙彼利埃大学，边行医边讲学，获得博士学位。

《巨人传》插图

拉伯雷在为患者治病的同时，也写些故事让他们消遣。他的长篇小说《巨人传》通过卡冈都亚和庞大固埃这父子两个巨人国王的故事，以嬉笑怒骂、粗犷泼辣的文笔，对神学家们进行了尖刻的讽刺，猛烈地抨击了教会的黑暗统治。《巨人传》语言通俗滑稽，笔调粗犷大胆，是世界文学史上的一部杰作。

莫里哀

（1622-01-15 ～ 1673-02-17）

法国喜剧作家、演员、戏剧活动家。本名让-巴蒂斯特·波克兰。生于巴黎。1643年与朋友组成光耀剧团。1644年起取艺名为莫里哀。1645年剧团倒闭，莫里哀受到债主控告而被监禁。出狱后加入老艺人杜弗莱斯纳的剧团，到外省巡回演出。1658年为国王演出独幕喜剧《多情医生》。路易十四批准把小波旁剧场拨给他们使用。

莫里哀的喜剧种类和样式是多样化的。他写了诗剧，也写了散文剧。他还是法国芭蕾舞喜剧的创始人。他的喜剧在

莫里哀

风趣、粗犷之中表现出严肃的态度。主要作品有《可笑的女才子》《太太学堂》《伪君子》《恨世者》《吝啬鬼》《贵人迷》《心病者》等。代表作《伪君子》是一部思想深刻、艺术成熟的政治喜剧，塑造了一个性格突出而又有极大概括意义的典型形象——骗子达尔杜弗。《吝啬鬼》是莫里哀最深刻的性格喜剧之一，塑造了吝啬鬼阿巴公的形象。他的喜剧对欧洲戏剧的发展具有深远影响。

《吝啬鬼》

　　莫里哀创作的喜剧作品。塑造了一个视财如命的吝啬鬼典型。主人公阿巴公虽然腰缠万贯，却十分吝啬，对家人也不例外。他已年逾花甲，一双儿女也到了谈婚论嫁的年纪。他却置儿女的幸福于不顾，擅自为女儿艾莉丝做主，替她物色了一个年近五旬的阔爵爷，唯一的理由是对方不要嫁妆，殊不知艾莉丝已经与心上人瓦赖尔私订终身。儿子克莱昂特也暗中爱上了家境贫寒的玛丽雅娜，却被阿巴公告之自己已经决定娶她。阿巴公为了得到玛丽雅娜，不惜与儿子翻脸，扬言要断绝父子关系并取消其继承权。为了帮助少爷，仆从盗走了阿巴公藏在花园的钱匣子。阿巴公发现之后，呼天抢地，悲痛欲绝。克莱昂特不失时机地表示愿意以钱匣子交换玛丽雅娜，阿巴公一口答应。剧终时，儿女双双如愿以偿，阿巴公也因免去了所有婚礼费用而欢天喜地。

司汤达

（1783-01-23 ～ 1842-03-23）

法国小说家。原名亨利·贝尔，司汤达是他的笔名，又译斯丹达尔。生于格勒诺布尔。1799 年到巴黎投身军界。1800 年随拿破仑大军到意大利的米兰。1802 年回到巴黎。1806 ～ 1814 年在拿破仑的军队中任职。1814 年波旁王朝复辟后侨居米兰。1821 年回到巴黎。1831 年任驻奇维塔韦基亚的法国领事。

司汤达是 19 世纪法国现实主义文学的先驱。他在作品中对人物思想感情的深入发掘和生动描写，对小说艺术做出了重大贡献。他用现实主义创作方法写出了《红与黑》《巴马修道院》《阿尔芒丝》《拉米埃尔》等杰出作品。代表作《红与黑》通过主人公于连的奋斗和悲剧，描绘了波旁王朝复辟时期尖锐复杂的政治斗争，揭露了政府、教会的黑暗内幕和保王党的复辟阴谋，颂扬了个性的自由和发展。

《红与黑》插图

司汤达还是著名的游记作家，名作有《罗马、那不勒斯和佛罗伦萨》等。他的游记不但反映了社会生活的现实，而且具有很高的文学价值。

巴尔扎克，H. de

（1799-05-20 ～ 1850-08-18）

法国小说家。生于图尔。1816 年进入大学攻读法律，同时在文科旁听，在诉讼代理人和公证人的事务所当过见习生。20 岁时从事文学创作，但不成功。后经营印刷厂和铸字厂，结果都宣告失败。1829年发表的《舒昂党人》，初步奠定了他在文学界的地位。此后，他勤奋写作，平均每年出版四五部小说。

《巴尔扎克》（法国，A.罗丹）

巴尔扎克是伟大的现实主义作家。他创作的小说总集《人间喜剧》，分为"风俗研究""哲理研究""分析研究"三大部分，包括91部小说，从各个方面反映了法国19世纪上半叶的社会现实，构成了一幅社会变革时期的宏伟历史画卷，是一部名副其实的社会百科全书。其中代表作有《欧也妮·葛朗台》《高老头》《幻灭》《贝姨》《农民》。巴尔扎克以《人间喜剧》使小说艺术达到了前所未有的高峰，在世界上产生了广泛而持久的影响。

《高老头》

H.de巴尔扎克创作的长篇小说。高老头是个乘饥荒之机发财的面条商，他的命根子就是两个女儿。他给了她们每人80万法郎的陪嫁，使大女儿成了伯爵夫人，小女儿成了银行家夫人。尽管如此，她们在婚后仍然不断地搜刮他的钱财。随着他的钱越来越少，女儿们对他也日益冷淡，最后他一文不名，被她们逼得中风。临终时她们都去参加舞会了，他终于明白女儿们只是爱他的金钱，从来没有爱过他。除了高老头父女的家事之外，小说还描写了通过贵妇们踏入上流社会的大学生拉斯蒂涅、搞非法勾当的苦役犯伏脱冷，以及上流社会里为争夺财产而进行的斗争。

《高老头》是巴尔扎克的代表作。它通过典型人物高老头的一生和悲惨结局，控诉了资本主义社会里拜金主义对人性的腐蚀。

《悲惨世界》插图

雨果，V.

（1802-02-26 ～ 1885-05-22）

法国作家、政论家和文艺理论家。生于贝桑松。从小爱好文学，喜欢创作。1819年创办刊物《文学保守者》。1822年发表《颂歌和杂咏》（后改名为《颂歌集》），获得路易十八赏赐的年俸。一度活跃于政治舞台。1841年当选为法兰西学院院士。1851年因反对路易·拿破仑·波拿巴恢复帝制被迫流亡国外。1870年回国。

雨果是举世闻名的浪漫主义作家。诗集《惩罚集》《静观集》《凶年集》，小说《巴黎圣母院》《悲惨世界》，均为浪漫主义的优秀作品。代表作《悲惨世界》通过许多现实主义的场面和细节，描写了主人公冉阿让等穷苦人民的悲惨遭遇，对社会的黑暗和司法的不公提出了强烈抗议，宣扬了仁慈博爱可以杜绝罪恶和拯救人类的人道主义思想，堪称现实主义与浪漫主义相结合的典范。

雨果还是欧洲浪漫主义戏剧的开创者，主要剧作有《欧那尼》《吕伊·布拉斯》等。《欧那尼》叙述了16世纪西班牙的一个贵族出身的强盗为父复仇，与国王和公爵争夺美女莎尔，最后悲惨死去的故事，被认为是浪漫主义戏剧的代表作。

《巴黎圣母院》

V. 雨果的长篇小说。1831年出版。

小说描写了在15世纪的巴黎，吉卜赛女郎爱斯梅拉达在街头卖艺，巴黎圣母院的副主教克洛德·弗罗洛对她心存邪念，指使圣母院里奇丑的撞钟人卡西莫多劫持了她，结果她被弓箭队队长弗比斯救出，并且成了他的情人。弗罗洛妒火中烧，刺伤了弗比斯，并且嫁祸于爱斯梅拉达，使她被判处死刑。卡西莫多在行刑时把她救出，藏在圣母院的钟楼上。

下层社会的乞丐和流浪汉们赶来营救爱斯梅拉达，弗罗洛乘机再次威逼她满足自己的兽欲，遭到拒绝后就把她交给官兵去行刑。卡西莫多出于义愤，把弗罗洛从钟楼顶上推下来摔死，自己则抱着爱斯梅拉达的尸体遁入墓地。

巴黎圣母院外景

小说在艺术上集中体现了"美丑对照"原则，副主教弗罗洛道貌岸然却心如蛇蝎，卡西莫多外形丑陋却善良高尚。人物外形和性格的鲜明对比，情节的夸张和怪诞，加上高大挺拔的巴黎圣母院等哥特式建筑、神秘的乞丐王国和形形色色的人群，使小说充满了浪漫主义色彩，显示出作者强烈的激情和无比丰富的想象力，堪称雨果小说中浪漫主义和现实主义相结合的典范之一。

《巴黎圣母院》曾多次被改编成同名电影搬上银幕。最早在1911年由法国百代公司制作无声片，由A.卡普拉尼导演。有声片问世后，最著名的是由J.德兰诺瓦在1956年导演的同名影片。

法布尔，J.-H.
（1823-12-22 ~ 1915-10-11）

法国散文家、昆虫学家。生于圣莱昂贫苦农民家庭，卒于塞里尼昂-迪孔塔。年轻时在农村打短工，抽暇自学，从师范学校毕业后当小学教师多年。1842年在公立中学任教。1843 ~ 1851年任科西嘉阿雅克肖公立中学物理教员。1853年在阿维尼翁公立学校任教。法布尔以研究昆虫解剖学及行为而著名。他经常细心观察昆虫的生活，详细研究了膜翅目、鞘翅目及直翅目昆虫，将观察所得详细地记录下来，用大半生的时间与精力陆续写成10卷本《昆虫记》（1879 ~ 1907）。这部观察昆虫生活的第一手资料，文笔简洁、朴素、生动，是一篇篇引人入胜的散文的结集，因而成为世界闻名的著作而流传于后世。

《昆虫记》头几卷问世之后，法布尔成为广大读者所熟悉和热爱的科学文艺作家。他晚年退隐乡村，仔细观察自然界，继续描写昆虫生态。他的故居和实验室现已建成法布尔纪念馆。

《昆虫记》

J.-H. 法布尔根据长期对昆虫的观察写成的著作。原书 10 卷，每卷含 17 ～ 25 章。作者依据其毕生从事昆虫研究的经历和成果，以人性化视角观察虫性，以虫性反映社会人生，将昆虫的生活与人类社会巧妙地联系起来，重点介绍了昆虫的外部形态、生活习性，真实记录了常见昆虫的本能、劳动、死亡等，以及作者痴迷昆虫研究的动因、生平抱负、知识背景和生活状况等，将昆虫的多彩生活与作者的人生感悟融为一体，在科学界和文学界都产生了重要影响，被誉为"昆虫的荷马史诗"。

《昆虫记》兼具博物学、文学和科普作品的特点，依据作者几十年观察和研究昆虫的经历及成果，以实证方法探究生命本能，以本能为中心思考生命，透过昆虫世界折射出人类的社会与人生，以人性化观点比照昆虫习性，提出对生命价值的深度思考。该书的问世标志着动物心理学的诞生，与 P.-J. 列那尔《自然界的印象》并称为"法国自然文学的双璧"。法布尔因此书被法国文学界推荐为诺贝尔文学奖候选人。

凡尔纳，J.

（1828-02-08 ～ 1905-03-24）

法国科幻和冒险小说家。生于南特。19 岁到巴黎学习法律。毕业后不愿当法官，

凡尔纳

为剧院创作剧本。1863 年开始出版"在已知和未知世界中奇妙的漫游"系列科幻和冒险小说。

凡尔纳的作品把现实和幻想巧妙地结合起来，不同程度地反映了一些重大社会历史事

件。他在科学知识的基础上大胆地设想和预言未来，很能启发人们的想象力，其中许多科学设想已为后世的实践所证实。著名的三部曲《格兰特船长的儿女》《海底两万里》《神秘岛》是其代表作。《海底两万里》描写了一艘构造奇特的潜水艇，它的船长尼摩邀请生物学家阿龙纳斯作海底环球航行的见闻。它是科幻小说的经典之作。其他重要作品还有《八十天环游地球》《气球上的五星期》《地心游记》等。

《海底两万里》

J. 凡尔纳创作的科幻小说。1866 年，有人在海上见到了一个大怪物，以为是一条独角鲸，法国生物学家阿龙纳斯等发现那是一艘名为"鹦鹉螺"号的潜艇。船长尼摩是个不明国籍的神秘人物，他在荒岛上秘密建造的这艘潜艇不仅异常坚固，而且结构巧妙，能够利用海洋来提供能源。阿龙纳斯带着仆人康塞尔和一个捕鲸手，跟随尼摩船长在海底作了两万里的环球航行，穿越了太平洋、印度洋、红海、地中海及南极等地，欣赏到了海底优美的景色和庞贝古城等遗址，也经历了潜艇搁浅、鲨鱼攻击、冰山挡道等种种危险，甚至有船员受伤死去。通过发生的一系列奇怪事情，阿龙纳斯终于了解到尼摩船长仍与大陆保持着联系，用海底沉船里的千百万金银来支援陆地上人们的正义斗争。最后潜艇击沉了一艘向它发动攻击的战舰，舰上的船员全部葬身在大海的漩涡之中。阿龙纳斯认为这样做太残酷了，就带着仆人和捕鲸手乘小艇离开了"鹦鹉螺"号。

《八十天环游地球》

J. 凡尔纳创作的科幻小说。

主人公福克先生以两万英镑与人打赌，要在80天之内环游地球一周。他和仆人路路通乘气球赶到西班牙，因无故涉嫌抢劫而被追捕，只得逃到印度。他们在那里搭救了准备殉情的奥达公主，然后一起横渡太平洋，千里迢迢来到旧金山，穿过北美大陆到达纽约。由于没有赶上去英国的轮船，期限也快要到了，福克只好买了一艘飞艇飞越大西洋，然而刚刚抵达英国就被警察抓进了监狱。福克好不容易才证明自己无罪，但他回伦敦的期限已到。他只能准备与倾心于他的奥达公主结婚。不料路路通去请神父来主持婚礼的时候发现，他们还有一天时间。原来他们是向东环游世界一周，地球的自转使时间比他们预计的多出了一天。福克在离预定期限只差几秒时来到俱乐部，他赢了，两万英镑正好用于他的旅费，还娶了美丽的奥达公主，过上了幸福的生活。

莫泊桑，G. de

（1850-08-05 ～ 1893-07-06）

法国作家。生于塞纳省的米洛梅尼尔堡（今费康）。1869年到巴黎攻读法律。适逢普法战争爆发，应召入伍，经历了法军的惨败。从1872年开始，先后在海军部和教育部任职。1880年以《羊脂球》一举成名，从此开始作家生涯。

莫泊桑作品中经常描写的划船游客（法国，P.-A. 雷诺阿）

莫泊桑的文学成就以短篇小说最为突出，有"短篇小说巨匠"的美称。以普法战争为背景的一组作品，在他的短篇小说中占有重要地位，如《两个朋友》《米隆老爹》《蛮大妈》《决斗》等。代表作《羊脂球》是世界短篇小说中的精品。此外，《我的叔叔于勒》《项链》也都是脍炙人口的名篇。莫泊桑的长篇小说也达到比较高的成就，主要作品有《一生》《俊友》等。

《羊脂球》

G.de莫泊桑创作的短篇小说。普法战争期间，一辆马车获准离开普鲁士军占领区，车上有工业家、伯爵和商人三对夫妇，以及两个修女、一个民主主义者、一个因过早发胖而绰号为羊脂球的妓女。大家对这个妓女侧目而视，但是当沿途耽搁而大家都饿得发昏的时候，却又厚着脸皮吃光了她的一大篮美味食品。马车在路过一个小镇时被拦住了，占据小镇的普鲁士军官要求羊脂球陪他过夜，否则不予放行。旅客们为了不耽误自己的行程，千方百计地劝说羊脂球为他们做出牺牲，但事后又鄙视她，任凭她陷于孤独和饥饿的境地。

罗曼·罗兰
（1866-01-29 ～ 1944-12-30）

法国作家、社会活动家。生于克拉姆西。15岁迁居巴黎。1886年考入巴黎高等师范学校。毕业后获中学历史教师资格，赴罗马研究历史。回国后在中学任教。1895年获文学博士学位，随即到巴黎高等师范学校任教。1912年他的10卷本长篇小说《约翰·克利斯朵夫》荣获法兰西学士院文学大奖，罗曼·罗兰从此成为职业作家。1931年后积极投身于政治活动。获1915年诺贝尔文学奖。

罗曼·罗兰是杰出的现

实主义小说家。代表作《约翰·克利斯朵夫》是20世纪初重要的现实主义巨著，同时又富于浪漫主义色彩。此外，他的重要作品还有小说《哥拉·布勒尼翁》《欣悦的灵魂》，人物传记《贝多芬传》《米开朗琪罗传》《托尔斯泰传》，剧作《群狼》《七月十四日》。

《约翰·克利斯朵夫》插图

《约翰·克利斯朵夫》

　　法国作家罗曼·罗兰的10卷本长篇小说。发表于1904～1912年。

　　小说描绘了音乐家约翰·克利斯朵夫历经坎坷终于成名的一生。前3卷《黎明》《清晨》和《少年》叙述了他的童年和少年时代。他出生于德国一个音乐世家，由于父亲酗酒，他度过了苦难的童年。第4卷《反抗》和第5卷《节场》写克利斯朵夫成人之后，敢于批评德国艺术的虚伪，在冲突中打伤了大兵，逃到巴黎，重新陷入了孤立的境地。接下来的3卷是《安多纳德》《户内》和《女朋友们》。写安多纳德与克利斯朵夫心心相印，她抚养的弟弟奥里维考取了巴黎高等师范学校，自己却一病不起。奥里维和克利斯朵夫都崇尚自由，他们结下了深厚的友谊。葛拉齐亚利用自己伯爵夫人的地位，帮助克利斯朵夫摆脱了困境。第9卷《燃烧的荆棘》写克利斯朵夫在瑞士与寄居的医生同乡勃罗姆的妻子阿娜发生了不应有的关系，为此自杀未遂，于是隐居了 10 年之久。第 10 卷《复旦》写他在 10 年之后功成名就，获得了自由。

《约翰·克利斯朵夫》在世界上产生了广泛而深远的影响。最早的中译本发表于 1926 年的《小说月报》，傅雷的译本在 1937 年问世，之后多次再版，在中国读者中很有影响。

普鲁斯特，M.

（1871-07-10 ～ 1922-11-08）

法国作家。生于巴黎。从 9 岁起犯哮喘，终身为病魔所苦。中学毕业后当了一年志愿兵。1895 年获巴黎大学文学学士学位。曾一度到马扎兰图书馆担任职员。1896 年开始写作《让·桑德伊》，后放弃。1908 年开始写作《驳圣伯夫》，次年遭到出版商拒绝而放弃。1909 年开始写作 7 卷本的《追忆似水年华》，直至去世。

普鲁斯特被公认为法国 20 世纪最杰出的小说家之一。代表作《追忆似水年华》通过意识流笔法开创了 20 世纪现代主义小说的先河。

《追忆似水年华》

M. 普鲁斯特的长篇小说。出版于 1913 ～ 1927 年。共 7 卷，其中第 2 卷曾获 1919 年龚古尔文学奖。

《追忆似水年华》插图

第1卷《在斯万家那边》（1913）写马塞尔对童年的回忆。第2卷《在少女们身旁》（1918）写马塞尔与希尔贝特的相爱和分手；他认识了圣卢，爱上了阿尔贝蒂娜。第3卷《盖尔芒特家那边》（1920）写马塞尔一家迁居巴黎，进入了贵族的社交界。第4卷《索多姆和戈摩尔》（1921～1922）借用《圣经》里的两座罪恶之城的名称，来描绘上流社会中寻欢作乐的情景、种种男女私情和同性恋。第5卷《女囚》（1923）写马塞尔与阿尔贝蒂娜在巴黎的同居生活。第6卷《女逃亡者》（1925）写阿尔贝蒂娜离开了马塞尔，不幸摔死。马塞尔另寻新欢。希尔贝特嫁给了同性恋者圣卢。第7卷《重现的时光》（1927）写第一次世界大战期间圣卢战死，但沙龙里依然在寻欢作乐。战争结束了，有些人年老死去了，女士们魅力不再。已经成为作家的马塞尔感受到时光的流逝，他要抓紧时间完成这部作品，以追寻失去的时光。

加缪，A.
（1913-11-07 ～ 1960-01-04）

法国小说家、戏剧家、评论家，哲学家。生于阿尔及利亚蒙多维。在阿尔及尔大学专修哲学，获学士学位。1933年参加反法西斯运动。1935年开始从事戏剧活动，曾创办剧团，也创作剧本，并扮演过许多角色。后担任新闻记者。1941年投身于抵抗德国法西斯的斗争，积极参加法国《战斗报》的地下抗敌活动。获1957年诺贝尔文学奖。

加缪被认为是存在主义作家。他的小说《局外人》和剧作《误会》《卡利古拉》，以及随笔《西西弗斯神话》等，都揭露了荒诞世界里的荒诞人生。

代表作《局外人》就是反映这种荒诞情感的典型作品，通过对一个被判处死刑的"局外人"的生动描写，研究了 20 世纪的异化。另一部代表作《鼠疫》的思想内容较为积极，表达了人们团结起来跟荒诞的生存条件做斗争的理想，表现了明显的人道主义倾向。

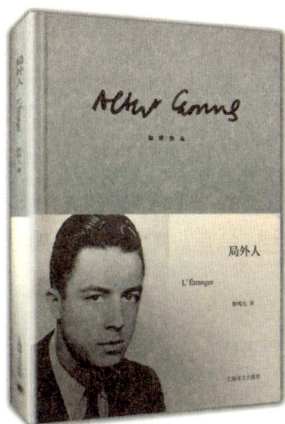

《局外人》中译本封面

《鼠疫》

A. 加缪创作的长篇小说。故事发生在 20 世纪 40 年代，在阿尔及利亚的奥兰城里忽然出现了许多死去的老鼠。鼠疫的横行打破了市民们平静的日常生活。城市里死气沉沉，每天要烧掉的死鼠就有几千只。死去的人来不及掩埋，被匆忙地扔进大坑；城门被封锁了，人们恐惧焦虑、逃避挣扎，过着与外界隔绝的生活。危难时刻，医生里厄挺身而出，不顾因病在外地疗养的妻子，日夜抢救病人，坚持战斗了 7 个多月，结果妻子病逝了。一些道德高尚的人组成了志愿防疫队，和他一起加入了斗争的行列，有的也染上鼠疫而死去。但是他们最终获得了胜利，尽管这个胜利是暂时的。小说最后的结论是鼠疫杆菌永远不会死绝和消失，也许有一天会卷土重来，使人们再罹祸患。

《局外人》

A. 加缪创作的中篇小说。故事的主人公莫尔索是一个普通的职员，他在参加母亲的葬礼之后到海湾去游泳，接着与过去的女同事玛丽看了一场喜剧片并共度良宵，至于要不要结婚是无所谓的。一天，邻居雷蒙在海滩上被一伙寻衅的阿拉伯人打伤，莫尔索在令人眩晕的强烈阳光的刺激下，用雷蒙给他的手枪打死了其中一个阿拉伯人而被捕入狱。法官们根据他在埋葬母亲时没有流泪，而且去寻欢作乐等事实，认定他没有人性，是一个预谋杀人的罪人。莫尔索拒绝说谎、悔过，因为既然要死，怎么死和什么时候死也就无所谓了。

莫尔索看起来麻木不仁，本能地过着动物般的生活，对一切都采取无所谓的态度，因此在社会上是一个多余的人。但是只有在法庭判处他死刑的时候，他才真正意识到自己是个"局外人"。他的沉默是对社会的蔑视和反抗，而读者则从他身上认识到了世界的异化和人生的荒诞。

塞万提斯，M. de

（1547-09-29 ？ ～ 1616-04-23）

西班牙作家、戏剧家、诗人。全名米奎尔·德·塞万提斯·萨维德拉。生于马德里附近的埃纳雷斯堡。只上过中学。1569 年充当红衣主教的随从，前往意大利，游历各地。1570 年从军，次年在勒班陀海战中左手残废。1572 年重返军队。1575 年在从那不勒斯回国的途中遭到土耳其海盗袭击，被掳至阿尔及尔。1580 年被赎回国。屡遭不幸。

塞万提斯的文学成就突出表现在小说方面。代表作《堂吉诃德》通过讲述堂吉诃德的三次出行，真实地描绘出 16 世纪末至 17 世纪初西班牙封建社会的面貌，揭露了正在走向衰落的西班牙王国的各种矛盾，谴责了贵族阶级的荒淫腐朽，对人民的疾苦表示深切的同情。作品对整个欧洲文学产生了深远的影响，为后来现实主义小说的发展奠定了基础。其他重要作品有长篇小说《贝雪莱斯和西吉斯蒙达历险记》，短篇小说集《训诫小说》，剧作《被围困的努曼西亚》《阿尔及尔的交易》《八出喜剧和八出幕间短剧》。

马德里的塞万提斯墓

《堂吉诃德》

M.de 塞万提斯的现实主义小说，全名《奇情异想的绅士堂吉诃德·德·拉·曼却》。创作于 1602～1615 年。

小说分上、下两卷。上卷由 52 章组成，前 6 章讲述堂吉诃德的第一次出行，其余 46 章讲述其第二次出行；下卷共 74 章，讲述其第三次出行。上卷故事梗概如下：西班牙中部拉曼却地区一位 50 岁上下的穷乡绅吉哈达，痴迷于当时流行的骑士小说，决定仿效中世纪的游侠骑士去替天行道。他为自己取名堂吉诃德，单枪匹马，出去闯荡。不久受伤，被邻人送回家中。第二次他说动同村一位庄稼汉桑丘·潘沙作其执盾侍从，结伴出游。一路上衍生出许多令人捧腹的冒险经历。下卷讲述他的第三次出行：邻人参孙学士设下一计，怂恿他再度出游，自己则扮作骑士与堂吉诃德交手，意在将其打败，迫使他放弃荒唐的念头。不料却败在堂吉诃德手下。于是，主仆二人又开始了新的冒险。

《堂吉诃德》自 17 世纪问世以来，一直受到西班牙语国家及全世界各国读者的喜爱，先后被翻译成各种文字，出版的各种版本数以千计，成为世界文学中的瑰宝之一。

梅特林克，M.

（1862-08-29 ~ 1949-05-06）

比利时法语剧作家、诗人、散文家。生于根特。12岁入号称比利时作家摇篮的圣－巴尔贝耶稣学校读书，毕业后入大学法科读书，并加入律师公会。1886年去巴黎进修法律，开始发表诗歌。1896年移居巴黎。获1911年诺贝尔文学奖。1921年被选入比利时皇家学院。第二次世界大战爆发后流亡美国。1947年返回法国。

梅特林克是象征主义戏剧大师，主要写诗剧，以《马莱娜公主》《佩里亚斯与梅丽桑德》等剧闻名于世，《青鸟》是他后期的代表作。梅特林克的象征主义戏剧以不可知论和宿命论为基础，具有悲观色彩和神秘气氛，剧中的主人公常常由于弱小、无力抗争而被黑暗的恶势力吞噬。后期剧作因生活和思想的变化更具乐观精神，这在《青鸟》中表现得尤为明显。《青鸟》是一部六幕梦幻剧，歌颂了小主人公的勇敢和追求精神，充满浪漫主义诗意，且色彩斑斓，在各国舞台上久演不衰。

《马莱娜公主》剧照

莎士比亚，W.

（1564-04-23 ~ 1616-04-23）

英国诗人、剧作家。生于沃里克郡的斯特拉特福镇。曾在当地的文法学校学习拉丁文和古代历史、哲学、诗歌、逻辑、修辞等。十三四岁时辍学帮助父亲料理生意。后到伦敦。大约自 1594 年起，他已是宫内大臣剧团的重要成员。1603 年詹姆斯一世即位后，该剧团改为国王供奉剧团。人生的最后三四年在家乡度过。

《哈姆雷特》剧照

莎士比亚全部作品的基本思想是人文主义或称人道主义。他的作品深刻而生动地反映了16～17世纪的英国现实，集中代表了整个欧洲文艺复兴的文学成就。诗作主要有长诗《维纳斯与阿多尼斯》《鲁克丽丝受辱记》和十四行诗154首。剧作主要有历史剧《亨利四世》，喜剧《威尼斯商人》《第十二夜》，悲剧《罗密欧与朱丽叶》《哈姆雷特》《奥赛罗》《李尔王》《麦克白》（后四种合称四大悲剧），传奇剧《暴风雨》等。代表作《哈姆雷特》《罗密欧与朱丽叶》《奥赛罗》《威尼斯商人》都是世界剧坛中普遍推崇的名剧，均以情节生动、内容丰富、形象突出、语言精练著称。

《哈姆雷特》

W. 莎士比亚创作的戏剧作品。讲述在国外求学的丹麦王子哈姆雷特因父亲暴卒回家奔丧，见叔父克劳狄斯已登上王位、又娶母后为妻，心情悲伤忧郁。父亲的亡灵向他揭露了克劳狄斯投毒谋杀、篡位夺嫂的罪恶。哈姆雷特心灵受到重创，开始伺机复仇，并安排了谋杀的戏中戏对克劳狄斯进行试探，但在确认无误而且有机会杀死克劳狄斯时他却犹豫不决，后又误杀了大臣，反陷入被动情势。同时，深爱着他的奥菲莉亚因失恋和父亲被误杀而发疯，落水而死。其兄雷欧提斯受到挑拨，与哈姆雷特决斗。克劳狄斯设下毒计，结果哈姆雷特与雷欧提斯及王后同归于尽，哈姆雷特临终前奋力刺死了元凶。

剧中的鬼魂申冤、主人公复仇、戏中戏和流血凶杀的结局等，都属复仇剧的传统手法。但莎士比亚却利用这些手法展现了崭新的戏剧冲突与人物，赋予了剧本以人文主义的深刻内涵。由于哈姆雷特形象的丰富性与深刻性，此剧被认为是世界上最难在舞台上完美呈现的剧作之一，也是各国戏剧家搬演最多的作品之一。

《威尼斯商人》

W. 莎士比亚创作的戏剧作品。贫困绅士巴萨尼奥欲去贝尔蒙特向鲍西娅求婚，因缺钱而求助于好友安东尼奥。安东尼奥因货船尚在海上也无现钱，乃向犹太商人夏洛克借贷，夏洛克要安东尼奥立下如到期无法还贷须割一磅肉抵债的契约。巴萨尼奥求婚时在金、银、铅三个匣子的选择中，选中铅匣，如愿以偿与鲍西娅结合。此时借期已到，但传来的消息是货船沉没，夏洛克在法庭上欲借机割取安东尼奥一磅肉。鲍西娅闻讯后女扮男装，扮成法官到庭审理，要夏洛克割肉时不得流一滴血，且不许多割一点或少割一点，夏洛克乃受到惩罚。莎士比亚在剧中讴歌真诚的友谊与真挚的爱情，巧妙地将两条线索组成有机的整体，充分显示了他的人文主义精神及高超的刻画人物、安排情节的艺术技巧。

笛福，D.

（1660-05-06 ~ 1731-04-24）

英国小说家。生于伦敦。原姓福，1703年后自称笛福。受过中等教育。早年曾

笛福

到欧陆各国经商，1692年经商破产。曾充当政府的秘密情报员，设计过各种开发事业，同时从事写作。1704年后的11年间一直往来于英格兰、苏格兰之间，为辉格党当政者搜集情报、办报、写文章。因文字两次获罪。59岁时开始写小说。

笛福被称为"欧洲小说之父"。他的小说继承了文艺复兴时期西班牙流浪汉小说的传统，往往写一个出身低微的人靠机智和个人奋斗致富，获得成功。笛福善于写个人在不利的环境中克服困难。代表作为《鲁滨孙漂流记》，其他重要作品有小说《摩尔·弗兰德斯》《辛格尔顿船长》，传记《聋哑仆人坎贝尔传》《彼得大帝纪》，游记《新环球游记》等。

《鲁滨孙漂流记》

英国小说家 D. 笛福的长篇小说。1719年出版。这部作品是在一个真实事件的基础上写成。1704年，水手 A. 赛尔科克因与船长争吵被抛弃在智利海外的一个荒岛上，在那里度过了5年的艰辛生活才被营救回国。笛福从报刊上获悉此事后，亲自采访了这位水手，并立即写出这部小说。小说首次发表时，笛福未署真名，读者都认为是历险者的自述。

小说讲述了鲁滨孙·克鲁索的个人历险故事。鲁滨孙出海遇险，流落荒岛。他在岛上克服种种困难，收留了野人星期五，帮助船员造反的船长夺回了船，回到英国。

《鲁滨孙漂流记》被认为是标志着现实主义小说作为新文类登上文学舞台。这部作品在英国影响巨大，可与《圣经》媲美。自面世以来，不仅催生了众多仿作，而且被搬上了舞台，改编成电影、电视剧。

拜伦，G. G.

（1788-01-22 ~ 1824-04-19）

英国诗人。生于伦敦。10岁承继男爵爵位，求学于哈罗公学和剑桥大学。成年后进入上议院，支持民主派。学生时代即已开始写诗，后来写了一系列长篇叙事诗。1816年移居意大利。1817 ~ 1824年主要从事诗剧创作。曾参加烧炭党抗击奥地利占领者的活动和希腊志士反抗土耳其统治的武装斗争。

拜伦诗路广，几乎每种诗体皆有佳作，而他的特长在于讽刺，善于运用亦叙亦议的体裁；在以口语入诗这一点上无人能及。代表作是《恰尔德·哈罗尔德游记》《审判的幻景》《唐璜》。《恰尔德·哈罗尔德游记》叙述了一个孤独者的漫游经历，是确立"拜伦式英雄"形象的代表作。《审判的幻景》写英王乔治三世如何在天堂的门口受到盘问和指责，成为讽刺艺术的典范。《唐璜》虽未完成，但已具史诗般规模，是对当时欧洲社会全景式的审视，尤其讽刺情爱、宗教、政治、文化等方面的虚伪或不公正。其他重要作品有诗剧《曼弗雷德》《该隐》等。

《唐璜》

G.G.拜伦的长诗。共16章又14节，约计16000行，但未最后完成。

拜伦在这部书中对在欧洲流行的有关唐璜的传说进行改造，把主人公从浮华的贵公子变成善良的热血青年，让他在一度卷入婚姻纠纷后离开西班牙东游，遇上纯真多情的姑娘海黛。然而牧歌式的爱情生活不久即以海黛的死亡而结束，唐璜被卖入土耳其苏丹后宫为奴。脱逃后参加了俄军，成为女皇的宠臣，最后奉命出使英国。这些情节丰富多彩，仍有游记的成分。读者通过唐璜的眼睛看到了从西班牙到俄罗斯的各种风景、城市、人物、事件，最后又从俄罗斯回到英国，对那里的社交生活进行了细致的观察。同时它也有戏剧性的大场面，如搜房、风暴、沉舟、伊斯迈战役等。

《唐璜》插图

《唐璜》不为唐璜的故事所限，而能对 19 世纪初的欧洲现实广为反映和评论，因而内容更丰富、更有意义，写法也更富变化，在口语体诗歌语言的运用上则达到前无古人的高峰。

狄更斯，C.

（1812-02-07 ～ 1870-06-09）

英国小说家。生于朴次茅斯的波特西地区。只上过几年学，主要靠自学和深入生活获得广博的知识和文学素养。16 岁时在一家律师事务所当缮写员。后担任报社的采访记者，业余开始文学创作。1841 年去美国旅行，1844 ～ 1847 年旅居意大利、瑞士和法国。

狄更斯是英国文学史上现实主义的创始人和最著名代表。他以高度的艺术概括、生动的细节描写、妙趣横生的幽默和细致入微的心理分析，塑造了许多令人难忘的形象，真实地反映了英国19世纪初叶的社会面貌。主要作品有小说《奥列佛·特维斯特》《老古玩店》《董贝父子》《大卫·科波菲尔》《荒凉山庄》《艰难时世》《匹克威克外传》《双城记》《远大前程》等。

《匹克威克外传》插图

《大卫·科波菲尔》

　　C.狄更斯创作的长篇小说。全书用第一人称叙事，含有较多的自传成分，但并非生活实录，而是"经验与想象的糅合"。主人公大卫是遗腹子，母亲改嫁后被摧残致死。大卫被送去当童工，他不堪折磨出逃，投奔姑婆特洛特伍德小姐。

在她的爱护下，大卫最终成长为一位优秀作家。书中关于少年大卫孤儿心态的描写，对大卫最要好的朋友、老保姆坡勾提及其渔民哥哥一家的刻画，被认为是狄更斯小说中最富于人情味的段落。大卫的同学、富家子斯蒂尔福斯诱奸了坡勾提的养女爱弥丽，后又将其抛弃。当斯蒂尔福斯乘船在暴风雨中遇难时，爱弥丽的未婚夫、青年渔民海姆奋不顾身地拼死相救，两人最终一起沉没。书中劳动人民的质朴、善良与纨绔子弟的自私、阴险形成鲜明对比。

　　尽管《大卫·科波菲尔》在深度上难以与狄更斯的一些其他作品相比，但这部小说为读者打开了一扇在心理层面了解当时社会以及作者自身的窗口。狄更斯称，在自己诸部小说中，《大卫·科波菲尔》是他最喜爱的作品。

萧伯纳

（1856-07-26 ～ 1950-11-02）

　　爱尔兰／英国戏剧家。生
于都柏林。中学毕业后即在一
家地产公司当小职员。1876 年
到伦敦从事新闻工作，一直持
续到 1898 年。写过很多笔锋
犀利的艺术评论文章，对一代
文艺的发展产生了巨大影响。
1884 年加入新成立的费边社。
获 1925 年诺贝尔文学奖。20
世纪 30 年代作了环球旅行。

　　萧伯纳是 W. 莎士比亚之
后最伟大的英语戏剧家。他大
力倡导并创作以讨论社会问题
为主旨的新戏剧，对 20 世纪英
国戏剧和世界戏剧的发展做出
了重大贡献。他的剧本不仅有
丰富的思想内容和社会意义，
而且在艺术构思方面不断创新，
对欧洲现代戏剧的象征、表现
及荒诞手法均有尝试和探索。
名作有《华伦夫人的职业》《人
与超人》《巴巴拉少校》《皮格

马利翁》《伤心之家》《圣女贞
德》《苹果车》等。其中《圣女
贞德》是唯一的悲剧。大多数
剧作都附有长篇序文，作者借
序文对戏剧、艺术、文化、宗教、
政治等问题抒发了独到精辟的
见解。

《皮格马利翁》剧照

《圣女贞德》

　　萧伯纳创作的戏剧作品。
剧本取材于英法百年战争中法

国青年爱国者贞德领导法国军民抗击英军的故事。剧本的前三场表现贞德以一个农村姑娘的身份，在国难当头的时刻，满怀爱国的激情和胜利的信心，说服了满朝文武，鼓舞了军民的士气，冲锋陷阵，战胜敌人。在贡比涅战役中，她为勃艮第人所俘，并被卖予英国占领军。英军将她交予教会法庭审判。她被诬为女巫，在鲁昂广场以火刑处死。后贞德被宣告为圣徒。

歌德，J. W. von

（1749-08-28 ～ 1832-03-22）

德国诗人。生于法兰克福。先后在莱比锡大学和斯特拉斯堡大学学习法律，1771年获法学博士学位。曾在法兰克福任律师。1772 ～ 1775年间写了大量代表狂飙突进运动的作品。1775年应邀到魏玛，次年被聘为国务参议。在实际工作中对自然科学发生了兴趣。1786年前往意大利旅行。1788年回魏玛担任剧院监督，兼管矿业。

《歌德在意大利》（德国，缇士拜恩）

歌德是德国最著名的诗人，但最早而且长期使他享有国际声誉的却是书信体小说《少年维特之烦恼》。诗体悲剧《浮士德》是他最主要的代表作，与荷马史诗、但丁的《神曲》、W.莎士比亚的《哈姆雷特》被公认为欧洲四大名著。《浮士德》写出刚刚摆脱中世纪封建桎梏的人类排除万难的进取精神，深刻地反映了人的精神的辩证发展，艺术上各种技巧并用，瑰丽多姿。其他重要作品有诗歌《普罗米修斯》《裒尼梅特》，长篇叙事诗《赫尔曼与窦绿苔》，长篇小说《亲和力》《威廉·迈斯特》，自传《诗与真》等。

《少年维特之烦恼》

J.W.von 歌德的书信体小说。1774 年写成并于同年在莱比锡出版；1787 年出版修订本。1886 年由 J. 马塞奈特改编成歌剧上演。

主人公维特与夏洛蒂相遇，彼此爱慕。可惜她已经与阿尔伯特订了婚。不久，阿尔伯特回来了，这使维特烦恼不堪，决心永远离开这位情人。根据母亲的意志，维特勉强接受了公使秘书的工作，但总觉无法施展他的才能。认识了既有身份又具远见卓识的 C 伯爵和在僵化生活中保持了天性的

B 小姐，方才给他带来了一些慰藉。但在 C 伯爵家的一次宴会上，他受到奚落，气愤至极，几乎举刀自杀。他想从军，未能如愿。出于感情驱使，他又回到夏洛蒂那里，想获得些许慰藉。但夏洛蒂已同阿尔伯特结婚，不得不疏远他。这位心志高远、多愁善感的青年万念俱灰，向夏洛蒂借了阿尔伯特的手枪，在自己的房间里结束了生命。

作品结尾的这一声枪响，是向当时的德国社会及其封建统治势力发出的强烈抗议，迅即引起全国乃至欧洲的广泛反响。20 世纪 20 年代初，郭沫若首先将这部作品译成中文出版，在中国引起强烈共鸣，一度亦如当年德国那样出现"维特热"，对五四运动后正在兴起的反封建思潮起了推动作用。80 年代以来，又有多种中译本面世。

格林兄弟

德国语言学家、童话作家。J. 格林（1785-01-04 ～ 1863-09-20）和 W. 格林（1786-02-24 ～ 1859-12-06）系同胞兄弟，生于哈瑙，合作研究语言学、民间文学，文学史上称为格林兄弟。1802 年，二人在马尔堡大学学习法律。哥哥 J. 格林曾在威斯特伐利亚国王的图书馆和卡塞尔图书馆工作，1829 年任格丁根大学教授。弟弟 W. 格林曾在卡塞尔图书馆和格丁根大学图书馆工作，并任格丁根大学教授。1837 年，格林兄弟和其他五位教授抗议汉诺威公爵破坏宪法，被免去教授职务。1841 年，二人成为柏林科学院院士，J. 格林任柏林大学教授。

格林兄弟搜集民间世代流传的童话，编成《儿童与家庭童话集》（即《格林童话》）。他们进行了大量加工，甚至把来源不同的素材嫁接在一起，使故事更富于逻辑性、语言更加精练、故事更趋丰满。这些童话早已成为全世界儿童共同的精神财富，其中《灰姑娘》《白雪公主》《小红帽》等名篇更是家喻户晓。他们又搜集德国古老的民间传说，出版两卷《德国传说》。他们编纂了《德语词典》。这部未完的辞书与他们的《德语语法》《德国语言史》等作品为日耳曼语言学奠定了基础，也使他们成为这一学科的创始人。

《格林童话》插图

海涅，H.

（1797-12-13 ～ 1856-02-17）

德国诗人。生于杜塞尔多夫。曾在银行工作。1819 年，由叔父资助开办的销售纺织品的哈利·海涅公司倒闭。之后进入波恩大学、格丁根大学、柏林大学学习，在格丁根大学获法学博士学位。1827 年到慕尼黑主编《普通政治新年鉴》。1831 年到巴黎。19 世纪 40 年代中期左眼完全失明，1848 年以后完全瘫痪。

海涅与卡尔·马克思夫妇在一起（绘画）

海涅在德国文学史上被认为是 J. W. von 歌德以后最重要的诗人。他吸收了浪漫派文学的成就，早期的诗具有浓郁的抒情性，后期的诗则表现出杰出的讽刺才能，在思想性与艺术性的结合上达到高度的完美。早期抒情诗的代表作是《歌集》。中后期诗歌主要有《阿塔·特罗尔，一个仲夏夜的梦》《德国，一个冬天的童话》《西里西亚织工之歌》《决死的哨兵》《奴隶船》等。讽刺长诗《德国，一个冬天的童话》是海涅诗歌创作的顶峰。其他重要作品有体裁和风格在德国文学中堪称独步的《旅行记》，评论著作《论法国的画家》《论德国宗教和哲学的历史》《论浪漫派》等。

都德，A.

（1840-05-13 ～ 1897-12-15）

法国小说家。生于尼姆城。生活贫困，曾任小学学监。17 岁时带着诗作《女恋人》到巴黎，开始文学创作。1866 年发表散文和故事集《磨坊书简》。1870 年普法战争爆发后应征入伍。

都德

都德在文学理论上信奉自然主义，但是实际上对社会现实持温和的批判态度。他的第一部长篇小说《小东西》是一部半自传性的作品，以轻淡的风格叙述了作者的生活经历和内心感受，是都德的代表作，集中体现了作者的艺术风格，即不带恶意的讽刺和含蓄的感伤，也就是所谓"含泪的微笑"。其他长篇小说有《塔拉斯孔城的达达兰》《雅克》《富豪》《努马·卢梅斯当》《不朽者》等。都德的短篇具有委婉、曲折、富于暗示性的独特风格。《最后一课》和《柏林之围》都是脍炙人口的名篇。《最后一课》被译成世界各国语言，常被选入中小学语文教材。

安徒生，H.C.
（1805-04-02 ～ 1875-08-04）

丹麦作家。生于欧登塞。从小为贫困所折磨，先后在几家店铺里做学徒，没有受过正规教育。1819 年在哥本哈根皇家剧院当小配角，后因倒嗓（青春期变声）被解雇。1822 年得到剧院导演的资助，就读于斯莱厄尔瑟的一所文法学校。1829 年进入哥本哈根大学学习。此后继续从事戏剧创作。

《皇帝的新装》插图

安徒生以童话作品享有世界声誉。他的童话体现了丹麦文学中的民主传统和现实主义倾向，脍炙人口。名篇有《卖火柴的小女孩》《小美人鱼》《皇帝的新装》《拇指姑娘》《丑小鸭》等。他创造的艺术形象，如没有穿衣服的皇帝、拇指姑娘、丑小鸭等，已成为欧洲语言中的典故。

他还写有长篇小说《即兴诗人》《奥·特》《不过是个提琴手》《两位男爵夫人》《活还是不活》，游记《一个诗人的市场》《瑞典风光》，杂记《没有画的画册》，剧作《黑白混血儿》等。

普希金，A. S.

（1799-06-06 ～ 1837-02-10）

俄国诗人、俄罗斯近代文学的奠基人和俄罗斯文学语言的创建者。生于莫斯科。1817年从圣彼得堡皇村学校毕业后到外交部工作。后被变相流放至南俄。1823年奉调前往敖德萨。不久被免职并被押往其父母的领地。1826年被召回莫斯科。1831年迁居圣彼得堡，仍在外交部供职。1837年因决斗受伤而逝。

普希金（中）与奶妈及老同学普辛在一起（绘画）

普希金在诗歌、小说、戏剧、童话等领域里都留下了丰富的文学遗产。他的诗歌以爱情诗和政治抒情诗最为人称道。爱情诗有《我曾经爱过你》《致凯恩》等，政治抒情诗有《致大海》《自由颂》《致恰达耶夫》等。诗体小说《叶甫盖尼·奥涅金》是俄罗斯现实主义文学的奠基作品，以贵族青年奥涅金与塔吉雅娜的爱情故事为主线，展示了当时俄国的巨幅生活画面。其他重要小说有《上尉的女儿》《黑桃皇后》《杜布罗夫斯基》等。剧作《鲍里斯·戈都诺夫》被后人看作俄罗斯最好的历史剧。他的童话语言生动、寓意深刻，主要有童话诗《渔夫和金鱼的故事》《死公主和七个勇士的故事》等。

《上尉的女儿》

A.S.普希金创作的中篇小说。小说主人公贵族青年格里涅夫出发到奥伦堡省白山要塞任职，途中遇到暴风雪迷了路，幸亏有一位过路人帮他找到了客店，他为了表示感谢，把自己的兔皮袄送给了这位过路人，两人因此结识。这位过路人是农民起义首领普加乔夫。格里涅夫任职后爱上了驻军司令米

朗诺夫上尉的女儿玛丽娅。当时，另一位军官施瓦勃林也倾心于玛丽娅并向她求婚，但被拒绝。普加乔夫起义后占领了白山要塞，把司令米朗诺夫送上了断头台。格里涅夫也被捕，但普加乔夫释放了他。施瓦勃林投奔了普加乔夫，当了他的下属，并继续强迫玛丽娅与他成亲。格里涅夫闻讯后，决定去搭救玛丽娅，又是普加乔夫帮助了他，把玛丽娅解救出来。这时施瓦勃林气急败坏，向普加乔夫告发，说玛丽娅就是被绞死的米朗诺夫上尉的女儿。但普加乔夫还是原谅了格里涅夫，并给他签发了通行证。这样普加乔夫三次救了格里涅夫。普加乔夫失败后，施瓦勃林又诬告格里涅夫"投诚叛贼"，格里涅夫险些被处死，但最后受到叶卡捷琳娜二世的赦免。

在作品中，普加乔夫的形象并不像当时某些文人所描绘

的那样是相貌丑陋而又凶残的暴徒，而是一位刚直勇敢、有情有义的人。格里涅夫虽然是贵族，但由于普加乔夫有恩于他，所以对普加乔夫仍有好感。但格里涅夫始终不能认同普加乔夫所走的路是正确的。这就显出他们政治立场的根本区别。《上尉的女儿》写得真实自然，具有永恒的魅力。

果戈理，N.V.

（1809-04-01 ～ 1852-03-04）

俄国作家。生于乌克兰波尔塔瓦省米尔戈罗德县。1828年从涅仁高级科学中学毕业后到圣彼得堡。曾任小公务员。1831年到贵族家庭当家庭教师，并在一所中学任历史教员。1834年秋被聘为圣彼得堡大学世界史副教授。一年后辞去教职，专事文学创作。1836年前往德国、瑞士，后迁居巴黎和罗马。1848年回莫斯科定居。

《钦差大臣》插图

果戈理有"俄国小说散文之父"的美称，与A.S.普希金一起奠定了19世纪俄国批判现实主义文学的基础。他的作品集《米尔戈罗德》《小品集》，标志着俄国文学已完成从浪漫主义到现实主义的过渡。讽刺喜剧《钦差大臣》以卓越的现实主义手法、辛辣的讽刺狠狠地揭露了昏庸腐败、谄媚阿谀、卑劣庸俗的整个俄国官僚阶层的丑恶面目，是世界戏剧史上的名著。长篇小说《死魂灵》

辛辣嘲讽乞乞科夫的欺诈行径，勾勒了一个个愚昧、无聊、贪婪、吝啬的地主阶级的丑恶形象，揭示了俄国封建农奴制反人民的实质，为果戈理带来极高的声誉。

《钦差大臣》

N.V.果戈理创作的戏剧作品。故事讲述了来自彼得堡的一位普通公务员被误认为是钦差大臣。外省小城的所有重要人物都极力向他行贿，生怕他们各自分管的部门给他们捅出什么乱子。假冒的钦差大臣甚至向市长女儿求婚。所有的人都被蒙在鼓里，直到宪兵出场，宣布真正的钦差大臣到。这时，所有在场的人都惊呆了，"像受了雷击一般"。

《钦差大臣》的情节有真人真事为蓝本，其素材是普希金提供给果戈理的。通过对卑微的欲望和无聊的内心活动进行"诗化"处理，果戈理在作品中孕育出讽刺和苦涩的喜剧效果。

托尔斯泰，L.N.

（1828-09-09 ～ 1910-11-20）

俄国作家。生于图拉省克拉皮文县。自幼接受典型的贵族家庭教育。1844年入喀山大学东方系，次年转法律系。1847年退学，回到亚斯纳亚·波利亚纳庄园。此后一生的绝大部分时间在这里度过。1849年起在图拉省行政管理局任职。1851年赴高加索服军役，1856年以中尉衔退伍。两次到欧洲游历、考察。

托尔斯泰是伟大的思想家和艺术家，其艺术视野达到罕有的广度。他的作品是现实主义表现的顶峰之一。史诗巨著《战争与和平》通过俄国人民在1812年反对拿破仑侵略的战争中的爱国主义和英雄主义精神，批判统治者和宫廷贵族的无能和虚伪，为他赢得世界一流作家的殊誉。长篇小说《安娜·卡列尼娜》由两条平行而又彼此交织的线索构成，情节结构分而不离，极具新意，心理描写精细入微，为作家赢得"艺术之神"的声誉。长篇小说《复活》是其晚年的代表作。其他重要作品有自传《忏悔录》，剧作《黑暗的势力》《教育的果实》等。他风格的最大特点是朴素，力求最充分、最确切地反映生活的真实或表达自己的思想。

《托尔斯泰肖像》（俄国，I.Ye. 列宾）

《战争与和平》

L.N.托尔斯泰的长篇小说。写于 1863 ～ 1869 年。"战争"与"和平"是小说的两大中心：既写 1805 ～ 1807 年和 1812 年的战争活动，也写战场外的俄国社会生活。

小说描写了两种类型的贵族：一类接近宫廷，优雅华贵，但道德败坏、利欲熏心、醉生梦死，崇拜法国文化，漠视祖国的命运；另一类是理想化的宗法制领地贵族，主要以罗斯托夫伯爵和包尔康斯基公爵两家为代表，忠厚慷慨、感情热烈，富有爱国主义精神。

小说卷帙浩繁、规模宏大，是一部波澜壮阔的人民战争的史诗，内容纷繁交错，出场人物达 600 名之多，但情节的发展十分清晰，结构极为完美，用以揭示心灵奥秘的、后来被称为"意识流"手法的运用，显示了作者非凡的艺术才华。小说发表百年后，苏联电影导演 S.F. 邦达尔丘克将其改编搬上银幕。在中国，20 世纪 30 年代初有郭沫若的不完全中文译本（第一至第三分册），40 年代初出版郭沫若、高地的中文全译本，之后不断有中文新译本问世。

契诃夫，A. P.

（1860-01-29 ～ 1904-07-15）

俄国作家、戏剧家。生于罗斯托夫省塔甘罗格市。1879 年考入莫斯科大学医学系。1884 年毕业后在兹威尼哥罗德等地行医。1880 年开始在杂志上发表作品。1888 年获普希金奖。19 世纪 90 年代曾到米兰、威尼斯、维也纳和巴黎等地疗养和游览。1898 年迁居雅尔塔。

契诃夫既是短篇小说大师，又是戏剧艺术大家。他以语言精练、准确见长，善于透过生活的表层进行探索，将人物隐蔽的动机揭露得淋漓尽致。主要短篇小说有《变色龙》《没有意思的故事》《套中人》《带阁楼的房子》《带小狗的女人》《新娘》等。其中《带小狗的女人》是他最著名的小说。经典剧作有《海鸥》《万尼亚舅舅》《三姊妹》《樱桃园》等。代表作《樱桃园》表现了新旧社会的交替过程，有着浓厚的抒情意味和悲喜剧因素，是契诃夫戏剧特征的集大成者。

契诃夫

《套中人》

A.P. 契诃夫的短篇小说。又译《装在套子里的人》。

小说写于 1898 年，首次发表于 1898 年《俄罗斯思想》杂志的第 7 期。讲述了希腊语教师别里科夫无论着装还是思想均酷似套中人的生活故事，塑造了一个性格孤僻、胆小怕事、恐惧变革的"守法良民"别里科夫。

小说以"套中人"的形象讽刺和批判了对周围世界恐惧多疑、对新事物胆怯排斥的沉闷保守思想，指出"套中人"的生活方式只会导致人性的退化和空虚，号召人们"再也不能这样生活下去了"，要勇于摆脱庸俗的现实生活。当代心理学家视别里科夫为焦虑症的典型范例。最早由汝龙据英译本转译，后由俄文直译。1956 年，此小说就出现在两个中文版本的契诃夫选集中。

高尔基，M.

（1868-03-16 ～ 1936-06-18）

苏联作家、苏联社会主义文学的奠基人。原名阿列克塞·马克西莫维奇·彼什科夫。生于下诺夫哥罗德。11 岁起独立谋生，当过学徒、搬运工和面包师。1884 年到喀山。1892 年任《萨马拉日报》编辑，成为职业作家。1906 ～ 1913 年侨居意大利。1918 ～ 1921 年做了大量文化和教育方面的组织工作。1921 年因病出国就医，旅居国外近十年。

高尔基是社会主义现实主义文学奠基人，最初以写短篇小说引人注目，以后又写了一些长篇小说和剧本。主要作品有短篇小说《切尔卡什》《二十六个男人与一个少女》，长篇小说《母亲》、自传体三部曲（《童年》《在人间》《我的大学》）、《阿尔塔莫诺夫家的事业》和《克里姆·萨姆金的一生》，散文诗

《海燕之歌》，剧作《小市民》《底层》《敌人》，回忆录《列夫·托尔斯泰》等。《母亲》被认为是社会主义现实主义的高峰。自传体三部曲以作者自身生活为原型，描写一位普通少年阿辽沙自幼饱尝辛酸，在苦难中挣扎的过程，是高尔基的代表作。

高尔基为莫斯科艺术剧院演员朗诵《底层》（绘画）

《母亲》

M. 高尔基创作的长篇小说。小说以 20 世纪初俄国工人革命运动为素材，在 1902 年索尔莫沃工厂工人五一游行事件和高尔基 1905 年的革命经历的基础上写成。通过青年工人巴维尔和母亲尼罗夫娜在革命浪潮激荡下成长为自觉的无产阶级革命战士的过程，真实反映了俄国第一次革命时期的历史风貌。

作品以极大的艺术感染力描写了无产阶级革命斗争的壮丽场景，歌颂了自觉献身解放事业的革命者，反映了广大群众在革命年代发生的深刻变化。列宁称赞《母亲》是"一本非常及时的书"，肯定了它的现实意义。在这部作品中，渗透着高尔基对历史进步的坚强信念，首先运用了在革命的现实发展中去描写现实的创作原则与艺术手法，塑造了世界文学史上第一批自觉的无产阶级革命者的英雄形象。

法捷耶夫，A. A.

（1901-12-24 ~ 1956-05-13）

苏联作家。生于特维尔省基姆雷市。1912 ~ 1919 年就读于符拉迪沃斯托克（海参崴）商业学校。1919 年参加远东海滨游击队。受伤后复员，进入莫斯科矿业学院学习。

法捷耶夫

1924 年被派往高加索做党的工作。1926 年回莫斯科后从事文学工作，并担任俄罗斯无产阶级作家联合会（"拉普"）的领导。1939 ～ 1956 年任苏联作家协会书记、总书记等职。

法捷耶夫是苏联社会主义现实主义文学的重要代表之一。主要作品有长篇小说《毁灭》和《青年近卫军》。《毁灭》描写十月革命时期远东苏昌地区一支红军游击队受敌人追击，在上级命令下进行战略转移的故事，被认为是写国内战争题材的优秀作品之一。《青年近卫军》以真实史料为蓝本，艺术地再现了克拉斯诺顿的共青团员们在党的领导下组织青年近

卫军，同德寇进行顽强斗争的英雄事迹，获 1946 年度斯大林奖金。

奥斯特洛夫斯基，N. A.

（1904-09-29 ～ 1936-12-22）

苏联作家。生于乌克兰沃伦省，第一次世界大战期间迁居谢彼托夫卡。1917 年考进二年制高级小学。1919 年跟随部队奔赴前线，当了一名侦察兵。1920 年在战斗中负重伤，后来复员到基辅当助理电工。参加修建铁路工作时，得了伤寒病和风湿病。1926 年全身瘫痪。

《钢铁是怎样炼成的》插图

1929 年末双目失明，开始创作长篇小说《钢铁是怎样炼成的》。小说以作者一生的经历为雏形，再现了第一代苏联青年在布尔什维克领导下成长的过程。保尔·柯察金成了世界进步青年的榜样。第二部重要作品是《暴风雨所诞生的》。1935 年，苏联政府为表彰他的文学功绩，授予他列宁勋章。

肖洛霍夫，M. A.

（1905-05-24 ～ 1984-02-21）

苏联作家。生于顿河军屯州维奥申斯卡亚镇。只上过几年学。1920 年参加工作，做过卡尔金镇革命委员会办事员、扫盲教师、宣传员等，并加入业余剧团，写过剧本。1923 年参加莫斯科青年近卫军小组，开始写作。1924 年加入俄罗斯无产阶级作家联合会（"拉普"）。1939 年当选为苏联科学院院士。获 1965 年诺贝尔文学奖。

主要作品有长篇小说《静静的顿河》《被开垦的处女地》《他们为祖国而战》，短篇小说《人的命运》等。

《静静的顿河》

M.A. 肖洛霍夫的长篇小说。小说分 4 部 8 卷，1928 ～ 1940 年先后出版。

作品以 1912 ～ 1922 年的两次战争（第一次世界大战和国内战争）和两次革命（二月革命和十月革命）为背景，以勇敢顽强、热爱自由的中农哥萨克葛利高里·麦列霍夫的爱情和经历为叙事中心，将葛利高里一家及其他几个家庭的命运、哥萨克的命运同一系列重大历史事件错综紧密地交织在一起，展示出历史的进程和人物的命运、哥萨克的命运，反映出顿河哥萨克独特的风土人情。

《静静的顿河》是苏联现实

主义文学中最优秀的长篇小说之一，使作者在国内外获得广泛声誉，作者为此获 1941 年度斯大林奖金。1957～1958 年苏联导演、人民艺术家 S.A. 格拉西莫夫将此巨著改编拍摄成电影《静静的顿河》上映。在中国，《静静的顿河》受到中国读者的喜爱。第一部是贺非的译本，1931 年作为《现代文艺丛书》之一在上海出版，附有鲁迅的后记。此后又有由金人翻译的全译本。

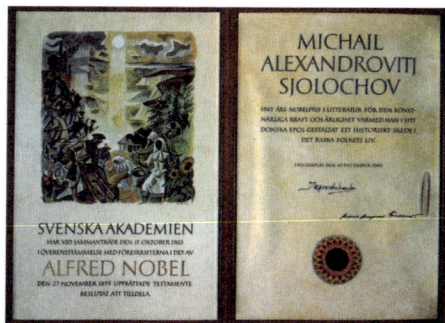

《静静的顿河》诺贝尔文学奖证书

《一千零一夜》

阿拉伯民间故事集。中国又译《天方夜谭》。包括神话传说、寓言童话、婚姻爱情故事、航海冒险故事、宫廷趣闻和名人逸事等。最初编者已难考证，多数学者认为它出自阿拉伯人特别是埃及人之手。《一千零一夜》成书的上限是 8 世纪与 9 世纪之交的阿拔斯王朝前期，15 世纪末或 16 世纪初才在埃及基本定型。

《阿里巴巴和四十大盗》插图

《一千零一夜》的多数故事健康而有教益。《渔夫和魔鬼》《阿拉丁和神灯》《阿里巴巴和四十大盗》《辛伯达航海旅行记》《巴索拉银匠哈桑的故事》《乌木马的故事》《卡玛尔扎曼王子》等是其中的名篇。《一千零一夜》以浪漫主义为主，把现实成分与幻想成分有机地结合起来，集中体现了民间文学的艺术特征。绚丽的色彩、奇妙的想象、曲折的情节、大胆到近乎荒诞的夸张、故事套故事的结构，使它具有经久不衰的生命力。

《一千零一夜》是世界各国人民熟悉和喜爱的一部优秀文学作品，对世界各国的文学艺术产生了广泛的影响。

纪伯伦

（1883-01-06 ～ 1931-04-10）

黎巴嫩诗人、散文家、画家。生于卜舍里。14岁进贝鲁特的希克玛（睿智）学

纪伯伦

校学习阿拉伯文、法文和绘画。1908年因发表小说《叛逆的灵魂》激怒当局，作品遭到查禁焚毁，本人被逐。后在巴黎艺术学院学习绘画和雕塑。1912年迁往纽约长住，从事文学艺术创作活动。组织领导过阿拉伯海外文学团体——笔会。

纪伯伦青年时代以创作小说为主，定居美国后逐渐转为以写散文诗为主。他的小说几乎都用阿拉伯文写成，有短篇小说集《叛逆的灵魂》和长篇小说《折断的翅膀》等。纪伯伦是阿拉伯近代文学史上第一个使用散文诗体的作家。他的散文诗集有用阿拉伯文发表的《泪与笑》《暴风雨》和用英文写的《先知》《沙与沫》等。《先知》以智者临别赠言的方式，论述了爱与美、生与死、婚姻与家庭、劳作与安乐、法律与自由、理智与热情、善恶与宗教等一系列人生和社会问题，充满比喻和哲理，具有东方色彩，被认为是

他的代表作。

《罗摩衍那》

印度古代史诗。用史诗梵文写成。"罗摩衍那"的意思是"罗摩传"。罗摩是印度古代传说中的人物，后来在人民群众中逐渐被神化。作者传说是蚁垤。全书分为《童年篇》《阿逾陀篇》《森林篇》《猴国篇》《美妙篇》《战斗篇》《后篇》7篇，写的是罗摩与妻子悉多悲欢离合的故事。最早的部分可能写成于公元前三四世纪，而最后写定则在公元二世纪，前后经五六百年。

《罗摩衍那》具有印度古代长篇叙事诗中必不可少的政治、爱情、战斗和风景四大要素，描绘手法达到了相当高的艺术水平。作品虽朴素无华、简明流畅，但已呈精雕细镂的倾向。它在印度一直被奉为叙事诗的典范，古代和中古的文学创作

大多从中取材。

《罗摩衍那》中的哈奴曼拜见罗摩

泰戈尔，R.

（1861-05-07 ～ 1941-08-07）

印度孟加拉语作家、诗人，哲学家，艺术家。生于加尔各答。他丰富的科学、历史和文学知识来自父兄和家庭教师及自己的努力。1878 ～ 1880 年在伦敦求学。1884 ～ 1911 年担任梵社秘书。1890 年开始经营田产。1901 年在桑地尼克坦创办了一所学校（后发展成为著名的国际大学）。1905 年参

加反对英国统治的民族自治运动，后退出。获 1913 年诺贝尔文学奖。

《泰戈尔画像》（徐悲鸿）

泰戈尔的诗作内容广泛，题材多样。主要诗集有《吉檀迦利》《新月集》《飞鸟集》《园丁集》等。代表作《吉檀迦利》写人类、爱情、苦难、死亡、自然、祖国等各种题材，带有浓厚的神秘主义、泛神论和泛爱色彩。小说主要有长篇小说《眼中沙》《沉船》《戈拉》《最后的诗篇》，短篇小说《河边的台阶》《莫哈玛娅》等。《戈拉》为长篇小说代表作。剧作有《暗室之王》《邮局》《西亚玛》《摩

克多塔拉》等。另有哲学著作《生命的亲证》《论人格》《创造的统一》等。他属于印度一流画家之列。他还曾为成百上千首诗歌谱曲。

《源氏物语》

11 世纪初的日本古典文学名著。世界上最早的长篇小说之一。被誉为日本古代文学的高峰之作。作者紫式部。成书时间至今无考，一般认为于 1007 ~ 1008 年完成。小说以平安王朝盛极而衰的历史为背景，通过主人公源氏及其父桐壶天皇和继承人薰君三代人与众多女性的爱情和乱伦生活的故事，隐晦地描写了当时贵族社会的政治联姻、腐败政治和淫逸生活。

小说既是一部完整的长篇，也可以分成相对独立的故事。在创作方法上，注重描写人物的内心世界。在审美观念

《源氏物语》中译本插图"空蝉"

上，继承和发展了古代日本文学"真实""哀"的审美传统，并以"物哀"为审美主体。采用散文、韵文结合的形式，插入800首和歌。散文叙事，和歌抒情与状物，歌与文完全融为一体。

川端康成

（1899-06-14 ～ 1972-04-16）

日本作家。生于大阪。自幼失去父母。1920年进入东京帝国大学国文系。1924年大学毕业后开始从事文学创作。先后创办过《文艺时代》《文学界》等杂志。曾任日本笔会会长、国际笔会副会长。1957年成为日本艺术院会员，获日本艺术院奖。获1968年诺贝尔文学奖。1972年自杀。

川端康成是日本20世纪

川端康成作品

20 年代"新感觉派"文学的代表作家之一。他的早期创作受西方达达派、未来派、象征派等现代主义文艺思潮的影响，中、后期作品更多体现了日本文学传统的韵味和美感。代表作有《伊豆的舞女》《禽兽》《雪国》《千鹤》《山音》《古都》等。其中《雪国》《千鹤》《古都》是诺贝尔文学奖获奖作品。早期名作《伊豆的舞女》充溢着清纯洁净的美感，被誉为日本现代抒情文学的杰作。理论文章《新进作家的新倾向解说》，被公认为"新感觉派"文学理论的基石或支柱。

《雪国》

川端康成创作的中篇小说。《雪国》讲述的是一名叫岛村的男子与雪国的艺妓驹子和另一女子叶子之间的毫无真情却又微妙的感情。故事以叶子葬身火海，驹子顽强地在严寒中继续生活，而岛村又回到了从前的都市中为结局。整篇小说是由一幅幅四季流转的画面拼接而成，有严冬的暴雪、早春的残雪、初夏的嫩绿和深秋的初雪等，反映了川端康成文学"不拘泥情节的情景绘卷"的特色。

《雪国》的创作特色体现在：①对环境细腻独特的描写。②独辟蹊径的比喻手法。③声、光、色的诗意表现。《雪国》的风景就是首先在声光中呈现的，而小说最终也是在光影幻化中结束的——银河与火场相互映衬的场景。这样的描写不仅在川端康成文学作品中，在日本文学中也是经典的段落。川端康成描摹色彩很少采用通常的颜色名词，而是以他自己的独特感觉来表现，他笔下的色彩总是与人物的喜怒哀乐相通，达到人物心理与物象色彩的水乳交融。

惠特曼，W.

（1819-05-31 ～ 1892-03-26）

美国诗人。生于纽约州长岛，后迁居布鲁克林。只受过五年初级教育。当过排字工人、乡村教师、报馆编辑。1846 ～ 1848 年担任《布鲁克林之鹰》的编辑。1848 年去新奥尔良编辑报纸，不久回到布鲁克林。此后帮助父亲承建房屋，经营小书店、小印刷厂。美国内战期间到华盛顿充当护士。战后在司法部部长办公室供职。1873 年起半身不遂。

惠特曼诗歌的艺术风格与传统的诗体大不相同。他的诗行比较接近口语和散文诗的节奏，没有韵，也没有极为规律的重音，因而更加接近于他所要表达的思想感情。他的主要诗歌都被收入诗集《草叶集》中。最长的《自己之歌》，内容几乎包括了作者毕生的主要思想，是他最重要的诗歌之一。《一路摆过布鲁克林渡口》是诗人最优秀的作品之一。《最近紫丁香在庭院里开放的时候》是悼念 A. 林肯的名篇。《通向印度之路》被评论家公认为诗人最后一首重要的长诗。其他作品有散文集《典型的日子》等。

惠特曼故居

《草叶集》

W. 惠特曼的诗集。惠特曼

在编印各版《草叶集》时，经常变动诗篇的前后次序。编排的原则不按诗篇写作时间的先后，而是按照它们的内容、主题分类，还随时更动某些诗篇或某组诗篇的前后次序。

1855 年，《草叶集》第一版问世，收诗 12 首。其中最长的一首《自己之歌》共 1336 行，内容几乎包括了作者毕生的主要思想，是作者最重要的诗歌之一。

1856 年，第二版《草叶集》出版，收诗 32 首。《一路摆过布鲁克林渡口》是诗人最优秀的作品之一。

1860 年，惠特曼印行了《草叶集》的第三版。汇集了 124 首新诗，包括《从永不休止地摆动着的摇篮里》和三组分别名为《民主之歌》《亚当的子孙》《芦笛》的诗歌。

1867 年出版《草叶集》第四版，只有 8 首新诗，都是不出色的短诗，收入了《桴鼓集》及其续集。

《草叶集》第五版在 1871 年和 1872 年各印刷了一次。第一次增收 13 首新诗，第二次收入评论家公认为诗人最后一首重要的长诗《通向印度之路》及少数几首新诗。

1876 年出版了《草叶集》第六版，以纪念《独立宣言》发布 100 周年，是一部包括散文作品在内的两卷集。

《草叶集》第七版（1881～1882）的文字、每首诗的题目和排列的先后次序，都已最后审定。后来创作的诗作被列为"附诗一"（1889）、"附诗二"（1892）。惠特曼嘱咐死后遗作可列为"附诗三"，以使第七版不再更动。

1888 年出版的《十一月枝桠》，收入诗人的 62 首新诗和一些文章，序言题为《回顾曾经走过的道路》，其中的诗篇后来收入《草叶集》的第八版（1889），并成为"附诗一"。1891年费城的出版家出版惠特曼的新作《再见吧，我的幻想》，其中的诗篇成为《草叶集》的"附诗二"。

后来通用的全集即所谓"临终版"，是1892年出版的第九版。诗人去世后，他的遗嘱执行人把诗人生前未发表的13首诗题名为《老年的回声》，作为"附诗三"，成为现代所见到的《草叶集》的全部。

马克·吐温

（1835-11-31 ～ 1910-04-21）

美国作家。原名塞缪尔·朗赫恩·克莱门斯。生于密苏里州佛罗里达，成长于密西西比河上的汉尼拔。1851年起充当排字工人。1858年开始在密西西比河上担任舵手。美国内战期间一度参加南方军队。1862年在内华达州弗吉尼亚城的一家报馆工作。1870年到布法罗居住。1871年移居康涅狄格州哈特福德。1894年前后，为了还债外出旅行演讲。

马克·吐温是美国深孚众望的幽默小说家和演说家，以善写男童历险故事及抨击人类的弱点和虚假而著称于世。他

《哈克贝里·费恩历险记》插图

在滑稽中含有讽刺，逗趣中有所针砭，创造了独特的艺术风格。主要作品有自传体游记《密西西比河上》，长篇小说《汤姆·索亚历险记》《哈克贝里·费恩历险记》，中篇小说《败坏了哈德莱堡的人》《百万英镑》等。代表作《哈克贝里·费恩历险记》得到评论家的高度评价，深受国内外读者的欢迎，同时也不断遭到查禁。

《汤姆·索亚历险记》

马克·吐温创作的长篇小说。小说描写了美国内战前美国中西部密西西比河畔一座小镇的生活。汤姆是个孤儿，收养他的波莉姨妈非常疼爱他，想用清规戒律把他塑造成一个君子。但汤姆天真、顽皮，对庸俗、保守的习俗、礼仪，对催眠一样的牧师布道感到厌恶，一心想和好朋友、流浪儿哈克贝里等玩"强盗帮"游戏。一天夜里，汤姆、哈克贝里溜到坟场，偶然目击了一场凶杀案：盗墓贼印江·乔杀死医生却嫁祸于同伙。出于正义感，汤姆在法庭揭发了真凶，印江·乔翻窗逃逸。汤姆、哈克贝里又在河边一座"闹鬼"的房子里看到印江·乔在埋藏一箱金钱。汤姆和他倾心的小姑娘贝姬参加野餐活动时，在山洞中迷了路，寻找洞口时看见手持蜡烛的印江·乔的身影。他俩脱险后，贝姬的父亲让人用铁门封锁了出口以免有人误入，这导致印江·乔在洞口处饿死。汤姆与哈克贝里找到了那箱藏金，两人平分，都发了大财。小说中的冒险情节对充满幻想的儿童和怀念童年的成人都是真实可信的。

欧·亨利

（1862-09-11 ～ 1910-06-05）

美国短篇小说家。原名威

廉·西德尼·波特。生于北卡罗来纳州一个小镇。当过药房学徒、牧童、会计员、

欧·亨利

办事员和银行出纳员。1896 年因所在银行发现缺少一小笔款子而涉嫌被捕，被判处 5 年徒刑。在狱中开始写作短篇小说。1901 年提前获释，到纽约专事写作。

欧·亨利善于捕捉生活中令人啼笑皆非而富于哲理的戏剧性场景，用漫画般的笔触勾勒出人物的特点。作品的情节发展较快，在结尾时突然出现一个意料不到的结局，使读者在惊愕之余不能不承认故事的合情合理，进而赞叹作者构思的巧妙。他的文字生动活泼，善于利用双关语、讹音、谐音和旧典新意，妙趣横生。他最出色的短篇小说有《麦琪的礼物》《警察与赞美诗》《最后一片藤叶》《没有完的故事》《带家具出租的房间》等，这些作品都以别出心裁的手法表现了失意落魄的小人物的命运与复杂的感情。

杰克·伦敦
（1876-01-12 ～ 1916-11-22）

美国作家。生于圣弗朗西斯科（旧金山）。自幼卖报、当童工，后来当过水手和铁路工人。曾参加失业工人示威。此后在各地流浪，曾被当作"无业游民"关进监狱。他回故乡后努力读书，一度进入大学学习。1896 年去加拿大克朗代克地区淘金，结果得了坏血症，空手而还。从此埋头读书写作，成为职业作家。1916 年服毒自杀。

杰克·伦敦擅长以人物的行动来表现主题思想，人物形象具有鲜明的个性，故事情

节紧凑，文字精练生动，有相当的感染力。自传体小说《马丁·伊登》描写一个劳动者出身的现实主义作家在资本主义社会中的命运，是其代表作。他的两部描写动物的小说《荒野的呼唤》和《白牙》，描写动物在保存自己、消灭敌人的斗争中表现出的巨大勇气，被公认为卓越的作品。其他重要作品有长篇小说《铁蹄》，中篇小说《热爱生命》，短篇小说《墨西哥人》《强者的力量》等。

《荒野的呼唤》

杰克·伦敦创作的长篇小说。描写一条野性未驯的苏格兰牧羊犬布克历尽生存竞争的艰辛、最终变成狼的故事。布克原先是米勒法官家的宠物，后被法官的仆人变卖，被人训练成雪橇狗，恶劣的环境激发起它的原始本能。它向头狗斯皮兹发起一次次的挑战，终于将斯皮兹打败而成为狗群的新领袖。

后来，布克又被接二连三地变卖，生活环境变得越来越严酷，终于到了弹尽粮绝的境地。布克拒绝前行，遭到主人的残酷鞭打。约翰·宗顿将布克救下并悉心照看，从而赢得了布克的绝对信任和忠诚。

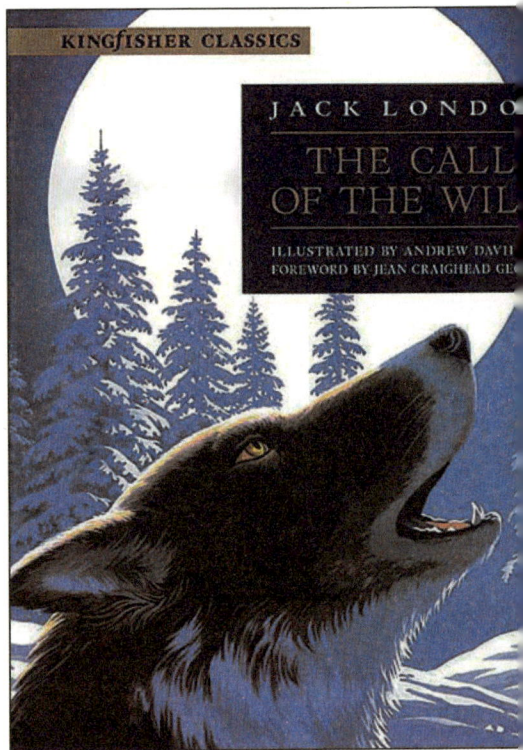

《荒野的呼唤》英文版封面